"이번 사건을 겪으면서 아름다움이란 정말 다양하다는 것을 깨달았어.

준오 형 같은 사람도 열심히 사는 모습이 아름다운 사람이고,

부라퀴 할아버지도 포기하지 않는 집념이 아름다운 분이잖아.

우리 학교에도 보면 다양한 아이들이 다 아름다운 삶을 살고 있어.

마음씨 고운 아이, 운동 잘하는 아이, 공부 잘하는 아이,

예능에 특별한 재능이 있는 아이.

민성이 너처럼 남을 즐겁게 해 주는 아이……."

까칠한 재석이가 달라졌다

고정욱 지음 | 박태준 그림

애플북스

외모가 이 세상을 살아가는 데 필요한 경쟁력이라는 건 분명한 사실입니다. 그렇기에 수많은 사람이 외모에 관심을 두고 신경을 썼습니다. 그건 이 작품을 처음 발간할 때나 지금이나 변함이 없습니다. 아니, 더 심해졌을지도 모릅니다. 게다가 유튜브나 각종 SNS가 그런 부분을 조장하기도 합니다. 주관이 약할 수밖에 없는 어린이나 청소년은 흔들립니다.

하지만 외모를 강조할수록 공허해지는 마음은 무엇으로 채울까요? 진정한 미모는 내면에서부터 우러나오는 것입니다. 미국의 영화배우 오드리 햅번이 지금까지도 우리의 존경을 받는 이유는 무엇일까요? 그의 내면에 이웃을 사랑하고 힘들고 어려운 사람을 향해 손을 내미는 연민의 마음이 있었기 때문입니다. 그렇기에 더욱 돋보이는 것입니다.

청소년은 있는 그대로 아름답습니다. 어른은 다시 이를 수 없는 건강한 신체와 풋풋한 젊음이 있습니다. 그 젊음 안에 내면의 아름다움까지 장착되길 바라며 이 작품을 썼습니다. 영혼과 육체가 조화를 이루도록 성장해야 하기 때문입니다. 이런 마음을 담아 출간한 《까칠한 재석이가 달라졌다》와 〈까칠한 재석이〉 시리즈를 오랫동안 사랑해 주신 분들께 무한한 감사의 마음을 함께 전합니다.

2022년 봄

고정욱

차례

나는 방송국에 자주 간다. KBS 제3라디오의 〈내일은 푸른 하늘〉이라는 프로그램 중 코너 하나를 고정적으로 맡았기 때문이다. 그러다 보니 방송국 엘리베이터나 식당, 혹은 스튜디오에서 유명 연예인들을 자주 본다.

사람들은 그런 나를 부러워하지만 오히려 나는 그들의 실물을 보는 바람에 실망하는 경우가 더 많다. 잡지나 영상, 화보에서는 분명히 팔등신이었는데 실물은 그저 약간 호리호리한 정도라거나, 피부가 백옥 같았는데 실제로는 벌겋게 화장독이 올라 있는 경우를 자주 본다. 왜 그럴까?

한참이나 지난 뒤에 그 이유를 알게 되었다. 우리가 사진이

나 화면에서 보는 모습은 조작된 것이었다. 다리를 길게 늘릴 수 있고, 피부가 거칠어도 뽀얗게 보정할 수 있다. 작은 눈은 크게, 낮은 코는 높게……. 컴퓨터 기술의 성과라 하겠다.

작년에만 나는 전국의 초중고 학교와 도서관, 기업체 등에 300번 넘게 강연을 다녔다. 고등학교를 방문할 때마다 안타까운 점이 하나 있었다. 아무리 유행이라고는 하지만 학생들의 외모에 개성이 없었다. 남학생은 하나같이 초가집 지붕처럼 덥수룩한 머리를 하고 있었고, 여학생들은 앞머리를 내리고 있었다. 게다가 똑같은 색의 립글로스……. 누가 누군지 구분하기 힘들 정도였다.

물론 중학교와 고등학교 과정은 개성을 부각시키기보다 사회질서와 규범을 익히는 데 더 중점을 두고 있기는 하다. 하지만 외모를 천편일률적으로 다듬는 것은 개성을 죽이는 행위나 다름없다.

사람에게는 누구나 개성이 있다. 그 개성은 하늘이 준 것이며 그것을 통해 자신의 역할과 위치를 확보해야 한다. 개성을 잘 살려서 자신의 삶을 가꿀 때 그 사람의 존재는 진정으로 아름다워진다. 그런데 요즘엔 학생들은 물론이고 대부분의 사람들이 아름다움의 기준을 특정 연예인이나 유행에 두고 있는 듯해서 안타깝다.

청소년들의 가장 큰 고민인 외모에 대한 작품을 꼭 써야겠다고 생각했는데 이번에 계기를 마련하여 정말 기쁘다. 더더욱 기쁜 것은 이미 청소년들의 외모에 대한 관심과 그들 문화의 문제점을 잘 알고 있는 박태준 웹툰 작가가 재석이의 표지 그림을 그려주었다는 사실이다. 그의 웹툰 '외모지상주의'는 청소년들의 열화와 같은 관심을 끌고 있다. 잘생긴 주인공 덕분이기도 하지만 그 안에 담긴 긍정적인 메시지가 청소년들 사이에 자연스럽게 녹아들기 때문인 것 같다. 왠지 그의 그림 덕분에 재석이가 점점 더 괜찮은 녀석이 되는 것만 같다.

덧붙여서 까칠한 재석이가 계속 독자들의 사랑을 받을 수 있음에 감사한다. 재석이의 생명력은 전적으로 독자들이 준 것이다.

2015년 북한산 기슭에서
고정욱

전편 줄거리

말보다 주먹이 앞서고 가진 거라곤 큰 덩치와 의리뿐인 황재석. 여전히 공부에는 전혀 관심이 없지만 글쓰기에 재미를 붙인 덕에 학교생활이 마냥 지루하지만은 않다.

마음잡고 글쓰기에 매진하려는 재석이지만 이성에 대한 호기심과 고민이 발목을 잡는다. 게다가 엎친 데 덮친 격으로 더욱 강력한 문제가 터지고 만다. 보담의 친구 은지가 고등학생의 몸으로 임신을 한 것. 재석과 민성은 열혈 '애 아빠 찾기'에 나서지만 애 아빠라는 병규는 책임질 생각은 안 하고 발뺌만 하니 열 받지 않을 도리가 없다. 이렇게 또다시 엉뚱한 문제에 휘말린 재석은 다시 한 번 해결사로 나선다.

임신한 은지를 돕기 위해 재석과 친구들은 청소년들의 성문화, 미혼모에 대한 사회의 편견과 교칙의 불합리함을 이야기하는 다큐멘터리 영화를 만들기로 한다. 이 과정에서 재석은 자기 몸과 인생을 소중히 여기고 온전하게 책임진다는 것이 어떤 의미인지 알아가게 된다. 좌충우돌하며 영화를 완성하는 과정에서 재석, 민성, 보담, 향금은 각자의 꿈을 노력을 통해 구체화해나가는 것이 얼마나 가슴 설레는 일인지를 깨닫는다.

여학생을 구하라

24시간 편의점 옆 골목으로 재석이 들어서자 나지막한 빌라와 주택이 웅크리고 있는 동네가 나타났다. 전철역까지 가는 지름길이어서 급한 일이 있을 때 재석이 가끔 이용하는 코스이기도 했다. 민성과 3번 출구에서 만나기로 했는데 집에서 소설 쓴다고 꾸물거리는 바람에 발걸음을 재촉하던 참이었다.

그때 4층짜리 연립주택 옆 놀이터 안쪽에서 보경여고 학생 서넛이 누군가를 빙 둘러싸고 서 있는 모습이 보였다. 보경여고 교복은 다른 학교 것과 다르게 치마가 자주색이어서 눈에 잘 띄었다. 얼핏 보면 붉은색으로도 보여서 보경여고 학생들을 '빨간 치마'라고 부르기도 했다. 치마를 최대한 짧게 줄여 입은 여학생들이 누군가에게 거친 욕설을 퍼붓고 있었다.

"아, 이년. 열라 짜증 나."

"너 정말 얼굴 긁어 버린다? 확!"

"어디서 예쁜 척하고 있어."

척 봐도 얌전하게 공부를 하거나 학교와 집만 왔다 갔다 하는 모범생 스타일은 아니었다. 껌 좀 씹는 아이들이 분명했다. 재석은 혹시 아는 얼굴이 있나 싶어 살펴보았다. 하지만 알 만한 아이는 없었다. 관심을 접고 지나치려는데 여자아이들 사이를 뚫고 찢어지는 듯한 비명이 들려왔다.

"제발 보내 줘!"

"시끄러워! 이년아. 어디서 재수 없게."

마구 욕을 퍼붓더니 이내 손찌검이 시작되었다. 주먹질은 서서히 발길질로 바뀌었다.

"아악! 악!"

누군지 모를 여자아이가 새된 비명을 계속 질렀다. 재석은 좌우를 둘러보았다. 공교롭게도 주변에는 아무도 없었다. 무슨 이유인지는 모르겠지만 이대로 놔두면 저 여자아이는 심하게 두들겨 맞을 게 뻔했다. 얼마 전 SNS로 본 왕따 동영상이 떠올랐다. 중국 청소년들이 한적한 공사장에서 덩치도 작은 아이 하나를 번갈아 가며 때려 정신을 잃게 했는데, 결국 커다란 돌멩이까지 던져 죽음에 이르게 한 충격적인 동영상이었다. 누군가 한 사람만 지나갔어도 그들을 말렸을 테고, 그러면 그런 끔찍한 일도 일어나지 않았을 거라는 생각을 하며 재석은 치를 떨었었다. 아무리 바쁘고 또 싸움에 휘말리고 싶지 않다고 해도 정의의 사도인 재석은 이 장면을 두고 차마 그냥 지나칠 수가 없었다. 그랬다간 두고두고 후회할지도 모른다.

"야! 너희들 뭐하는 거야?"

재석은 발걸음을 돌려 놀이터 안으로 들어섰다. 그사이에도 빨간 치마들은 여학생 하나를 둘러싼 채 발로 마구 밟고 있는 중이었다. 구타를 당하는 아이는 금안여고 학생이었다. 청색 체크무늬 치마와 조끼가 그걸 말해 주었다. 금안여고에 다니는 향금이와 보담이 생각에 재석은 아이들 사이를 뚫고 들어갔다.

"이것들이! 비켜!"

때리던 여자아이들 몇이 고개를 돌렸다. 주먹을 휘두르느라 머리는 헝클어지고 얼굴은 상기되어 있었다. 첫눈에 봐도 얼굴은 비비크림으로 떡칠을 했고 아이라인에 붉은 립글로

스까지 발랐다.

"야, 그냥 가던 길 가라, 응?"

"네가 상관할 바 아니거든?"

아이들은 대놓고 재석에게 적의를 드러냈다. 생긴 건 예쁘 장한데 입은 거칠기 짝이 없었다. 그 말을 듣고 재석은 피식 웃었다. 재석도 저런 말을 하고 저런 표정을 지을 때가 있었 다. 담배를 피우거나 침을 뱉을 때 어른들이 지적하면 딱 저 랬었다.

"남의 동네 와서 이게 무슨 짓이야? 너희들 그만 못 해?"

"이 자식! 너 뭐야?"

그중 가장 성숙해 보이는 여학생이 나섰다. 갸름한 얼굴에 눈망울이 커서 사슴 같은 인상인데 외모와 어울리지 않게 다 짜고짜 욕부터 했다. 그 말을 신호 삼아 보경여고 아이들이 모두 재석을 물어뜯을 것처럼 다가왔다.

"뭐래?"

"씨방새가 꼴에 사내자식이라고."

"왜 정의감이 불타냐?"

"열라 짜증 나니까 꺼져. 너 가던 길 가라고~."

아이들은 악다구니를 썼다. 남학생이었다면 주먹을 날렸어 도 벌써 서른세 방은 날렸겠지만 재석은 차분한 목소리로 말했다.

"너희들 보아 하니 빨간 치마들인데 집에 가라. 여럿이서
애 하나 갖고 그러지 말고."

끝까지 금안여고 학생 머리끄덩이를 잡고 흔들던 여자아이
가 재석을 바라보며 말했다.

"야! 넌 빠져! 여자들 일에 끼지 말라고, 엉!"

재석은 할 수 없이 한 걸음 더 다가서며 말했다.

"너희들 내 이름 안 들어 봤니? 내가 누군지 모르나 본데?"

"네가 누군데?"

"나? 황재석이야."

"……."

그 순간 아이들의 얼굴빛이 변했다. 이곳 산북교육청 산하
에 있는 학교에서 재석의 이름을 모르는 아이는 없었다.

"그, 그럼 스톤에서 나왔다는?"

"연예기획사도 때려 엎었다잖아."

"나이트에서 조폭들하고도 맞짱 떴다는……."

여자애들이 서로 얼굴을 마주 보고 눈빛을 주고받는 품이
이미 재석의 명성을 들은 눈치였다.

"좋은 말로 할 때 보내 줘."

고개를 돌려 보니 치마가 찢어지고 셔츠까지 반은 벗겨져

브래지어 끈이 보이던 금안여고 학생이 그 틈을 타서 미친 듯이 놀이터 밖으로 도망쳤다.

"어! 저년이? 잡아! 너 죽었어!"

보경여고 아이들이 달려가려 하자 재석이 큰대자로 팔다리를 벌려 그들 앞을 막아섰다.

"야. 놔 주라고 그랬지?"

여자아이들은 감히 재석에게 대들 수는 없다고 생각했는지 주춤거렸다.

"아, 졸라 재수 없어."

"아, 짱 나."

여자아이들은 거친 욕을 퍼붓더니 벤치에 되는 대로 팽개쳐 뒀던 가방을 메고 슬슬 자리를 떠났다. 그중 하나는 그대로 가기가 아쉬웠는지 멀리서 재석에게 손가락 욕을 날렸다.

"이거나 먹어라!"

"너희들 정말!"

재석이 몇 걸음 쫓아가는 척하자 여자아이들은 엄마야 소리를 지르며 빌라 골목 사이로 황급히 사라져 버렸다.

재석은 씁쓸한 웃음을 지으며 다시 걸음을 옮겼다. 얼마 전까지만 해도 자신의 모습이 저러했다는 사실을 상기한 것이다. 어깨에 힘주고 다니며 애들이나 때리고 다니며 두려워하는 모습에 쾌감을 느꼈던 과거의 자신이 부끄러워 얼굴이 붉어졌다.

왜 이리 늦느냐고 붉으락푸르락하며 기다릴 민성이 생각이 불현듯 나서 재석은 달리기 시작했다. 그러면서 혼잣말을 했다.

"녀석, 재주가 좋단 말이야."

재석은 민성을 떠올리며 피식 웃었다.

얼마 전 재석과 보담, 그리고 향금과 민성이 힘을 합쳐 만든 미혼모 은지의 다큐멘터리는 동상을 받았다. 그 뒤로도 민성은 동영상 경연대회가 있으면 영상을 다시 편집해서 빠지지 않고 응모했다. 최근 열린 UCC대회에서도 네티즌 장려상을 받았다. 목표했던 상금 백만 원은 받지 못했지만 문화상품권 20만 원어치를 받는 시상식에 재석은 친구들과 함께 참석했다.

다큐멘터리 시상식은 뻑적지근했다. 교육감을 비롯해 각종 청소년 단체나 영상 단체의 높은 자리에 있는 사람들이 나와서 수상자를 한 명씩 호명하며 상을 주었다. 재석은 민성에게 꽃다발을 건네며 말했다.

"어이, 김 감독. 축하한다!"

"축하는 무슨. 다 너희들이 도와준 덕분이지."

점잖게 말하는 품이 제법 그럴싸했다. 민성은 스무 장의 문화상품권을 정확하게 다섯 장씩 나누어 재석과 향금, 그리고 보담에게 주었다.

"자, 받아."

"이건 뭐야?"

"너희들도 수고했잖아. 이익분배야, 이익분배."

향금은 팔짝팔짝 뛰었다.

"어머, 아빠가 밖에서 돈 벌어다가 엄마 주면 이런 기분인가 봐. 아이, 좋아."

엉뚱한 소리에 보담은 얼굴이 붉어졌다. 재석도 피식 웃었다. 하지만 금액이 문제가 아니라 힘을 합쳐 만든 작품으로 상을 탔다는 데 크게 느끼는 바가 있었다. 자신감도 붙었다.

"민성이가 까불기만 하는 줄 알았더니 이런 상도 다 받고 정말 대단해."

"맞아. 민성이는 정말 영화감독이 될 것 같아."

보담이도 맞장구를 쳐 주었다. 향금이는 민성에게 헤드록을 걸며 말했다.

"너, 나중에 뜬 다음에 나 무시하면…… 알지? 나를 꼭 주연으로 써야 돼."

"야, 여자가 무슨 헤드록이야! 비켜. 헤어스타일이 매력 포인트인데 다 망가진단 말이야."

향금의 헤드록에서 풀려난 민성이 헝클어진 머리를 매만지며 얼굴을 붉혔다. 아이들은 그 모습을 보며 깔깔 웃었다. 아이들은 시상식이 끝난 뒤 분식집으로 자리를 옮겼다. 떡볶이와 김밥은 일용할 양식. 입에 음식을 마구 우겨 넣으며 민성이 물었다.

"재석아, 너도 글 쓰는 거 잘되고 있니?"

"공모전 같은 데 응모는 안 해?"

재석은 아이들의 관심이 부담스러웠다.

"글쎄, 응모는 하는데 실력이 없어서 자꾸 떨어지네."

"열심히 쓰면 되겠지, 뭐."

"메모한 걸 옮겨 쓰고 자꾸 고치고 하니까 효율성이 떨어지는 것 같아. 생각나는 대로 바로바로 글을 쓸 수 있어야 하는데. 내가 아둔한가 봐."

듣고만 있던 보담이 말했다.

"노트북 하나 있으면 좋겠다. 아무 데서나 쓸 수 있고 써 놓은 것도 쉽게 고칠 수 있잖아."

"그렇긴 한데, 없어."

"야, 중고라도 하나 사. 나도 캠코더 하나 사야겠어. 아까 대상 받은 애 작품 봐 봐."

시상식이 끝난 뒤 상영한 대상 작품은 주제가 환경 문제였는데, 스마트폰으로 촬영한 민성의 작품에 비해 화질이 월등했고 스토리 구성이나 전개에서도 프로의 솜씨가 느껴졌다.

"카메라가 좋아서 그래. 나같이 스마트폰으로 찍으면 그 정도 화질은 안 나와. 꼭 사고 말 거야."

"그거 얼마나 하나?"

"카메라? 제대로 된 건 액세서리 포함해서 한 천만 원 정도."

"뭐? 천만 원?"

"야, 놀라지 마. 옛날에는 그 정도 성능을 가진 카메라가 집 한 채 값이었어. 지금 기술이 좋아져서 이 정도야. 소니의 HDV 캠코더 카메라는 렌즈 교환식인데 메모리로도 녹화하고 카세트로도 녹화할 수 있어. 근데 그건 너무 비싸고, 다른 거 좀 오래된 건 한 3백만 원이면 살 수 있어."

"정말 비싸구나."

"야, 말도 마. 핫셀블라드 디카는 7천 5백만 원이야. 동영상 촬영도 안 되는데."

"그게 정말이야?"

"응. 요즘은 디카로도 촬영 많이 해. DSLR 카메라로 찍은 화면도 멋지거든. 아쉬운 대로 니콘 카메라 정도만 사도 좋은

데, 쩝"

"아, 나는 노트북이 있으면 좋긴 하겠다."

둘은 계속 노트북과 카메라 타령을 했다. 여자아이들과 헤어져 집으로 돌아오는 길에 재석과 민석은 갑자기 돈을 벌자는 데 의기투합이 되었다.

"야, 우리 돈 벌자. 알바 하자, 알바."

"알바? 그, 글쎄?"

"야, 알바 할 만한 데가 하나 있거든. 거기 한번 가 보자. 주말마다 할 수 있을 것 같은데. 뷔페식당에서 행사 진행하는 친한 형이 있거든. 일단 그 형한테 한번 물어볼게."

"응. 그래. 알았어."

"괜찮다고 하면 당장 토요일에 가서 알바 자리 있냐고 물어보자."

그렇게 해서 만나기로 한 날이 바로 오늘이었다. 붙임성 있는 민성이 덕분에 재석이 거저 숟가락을 얹은 셈이었다.

전철역에 다가서자 저만치서 민성이 바장이는 모습이 보였다.

"야! 너 왜 이렇게 늦게 왔어?"

"아, 미안해. 오다가 일이 좀 있었어. 그나저나 보경여고 빨간 치마들 대단하네?"

"왜 보경여고에 아는 애 있냐?"

"아니, 금안여고 애 하나를 데려다가 몰매를 놓잖아."

"뭐? 다구리를? 그래서 어떻게 했어?"

"남의 동네에서 그러지 말라고 말렸어. 여자애들이 곱상하게 생겨서 왜 그러나 몰라."

"좀 예뻤나 보다?"

"응. 그렇긴 한데……."

"그럼 혹시 빨간 치마 얼짱 클럽인 일라이자 아니야?"

"일라이자? 그게 뭐야?"

"뭐, 멤버들 이름에서 딴 거라나 뭐래나. 아무튼 빨간 치마들 중에서 좀 노는 애들 모임이래."

"몰라. 걔네들인지는. 다음 소설은 왕따를 주제로 한번 써 볼까?"

"어이구, 왕따 같은 소리 하고 있네. 인마, 네가 그런 거 쓰면 사람들이 웃어."

"왜?"

"옛날에 왕따 실컷 시키던 놈이?

"너는 어땠고? 너도 애들 제법 때리고 다녔잖아."

"야, 군소리 말고 빨리 가. 저기, 저 건물이야."

전철역 옆에 커다랗게 '행복 뷔페'라고 쓰인 은빛 건물이 있었다.

"저 건물 꼭대기, 너 기억 안 나냐?"

"맨 꼭대기 층에 있는 행복 뷔페?"

"여기 전에 은지네 아기 백일잔치 때⋯⋯."

"맞아. 은지네 백일잔치 여기서 했었지?"

은지는 무사히 아기를 낳아 많은 사람의 축하를 받으며 백일잔치를 열었다. 그때 친구들과 함께 몰려가서 기명과 은지를 축하해 주고 배가 터지게 실컷 먹었던 기억이 났다.

"그럼, 여기서 우리가 알바를 하는 거야?"

"응. 그때 너 봤지? 접시 나르고 치우고 하는 애들. 걔네들 다 고딩들이야."

"그래?"

"응. 시급 받고 일하는 거야. 행사 진행하는 형이 그러는데 주말에는 손님이 많아서 알바생이 필요하대. 오늘 담당 매니저한테 소개해 주기로 했어."

"그러면 토요일에 몇 시간이나 일하는데?"

"토요일 점심하고 저녁 일하면 한 일고여덟 시간 일할 수 있지. 5천 원 잡고⋯⋯ 야, 그럼 4만 원이야. 열 번만 하면 40만 원, 일요일까지 하면 80만 원이잖아."

재석의 머릿속이 복잡하게 돌아갔다. 열 번 정도만 하면 쓸 만한 노트북 하나를 살 수 있을 것 같았다.

"그 정도면 노트북 하나 살 수 있겠다."

"그렇지? 나는 거기다가 지금 모아 놓은 돈이 한 백만 원 있거든. 백만 원 벌어서 보태면 2백만 원짜리 중고 카메라는 살 수 있어."

"잘됐다. 그러면 두 달 정도만 하면 되겠는걸? 해 볼까?"

"오케이. 올라가자."

　재석은 사실 얼마 전부터 혼자 공모전을 준비하고 있었다. 〈문학행복〉이라는 잡지에서 매년 여는 청소년 문학상 공모전이었다. 유수한 문학가들이 심사를 하는 전통 깊은 행사였다. 여기에 뽑히기만 하면 문학 특기생으로 대학에 갈 수도 있다. 그 정도로 권위가 있기 때문에 글깨나 쓴다는 청소년들은 모두 이 공모전에 도전하고자 했다. 재석도 이번에 반드시 응모하고 싶었다.

　민성에게도 도전하고 싶은 꿈이 있었다. 이번에는 제대로 된 다큐멘터리를 찍어서 일반 부문에 응모하고 싶었다. 대학의 영상학과에 지원하려면 반드시 입상을 해야만 했다. 일반인을 대상으로 하는 다큐멘터리 공모전에서 상을 받으려면 좋은 카메라가 꼭 있어야 한다는 것이 민성의 생각이었다.

재석도 민성도 이미 부모님께 학원비에 용돈까지 받았는데, 취미생활이나 다른 일 때문에 또 손을 벌리기는 곤란했다.

뷔페식당에 들어가서 옆에 있는 사무실 문을 빼꼼히 열어 보니 양복을 갖춰 입은 젊은 사람이 보였다. 대학생처럼 보였는데 갸름한 얼굴에 남자치고 눈이 굉장히 컸다.

"형, 안녕하세요?"

"어, 민성이 왔구나."

"여기 저번에 말한 제 친구 재석이에요."

"키도 크고 인물도 좋네. 일 잘하겠어. 잠깐만 기다려. 매니저님 소개해 줄게."

매니저를 부르러 대학생 형이 나가자 민성이 설명을 덧붙였다.

"동네 형인데, 준오 형이라고. 군대 다녀온 복학생이야."

"그래? 너랑은 어떻게 알아?"

"그냥 좀 알아. 그때 기억나지? 은지 아기 돌잔치 때 저 형이 사회 재밌게 봤던 거. 그때 어디서 봤던 형이다 싶었는데 알고 보니 동네 형이더라고. 그래서 인사하고 알고 지냈어. 내가 알바 거리 있냐고 물어봤더니 여기 소개해 준 거고."

잠시 후 눈썹이 시커먼 매니저가 나타났다. 뷔페식당 매니저답게 머리에 무스를 발라 깔끔하게 넘겼다.

"매니저님, 전에 알바 건으로 말씀드린 동네 동생들이에요. 일 시켜 보면 아시겠지만, 잘할 거예요. 성실하고 부지런한 애들입니다."

준오가 두 사람을 소개했다. 재석은 성실하고 부지런하다는 말이 낯간지러웠다.

"어, 그래? 이런 일은 해 봤니?"

재석과 민성은 경험이 없다는 사실에 주눅부터 들었다.

"아, 안 해 봤습니다."

알바 하나 하는데 이게 뭐라고 두 아이는 바짝 얼어서 부동자세가 되었다. 옆에서 이걸 본 준오가 킥킥대며 웃었다.

"야! 여기 군대냐? 편안하게 해, 편안하게."

매니저도 웃음기 띤 얼굴로 말했다.

"응. 그래 건강하게 생겼네. 접시 같은 건 잘 나를 수 있지? 다음 주말부터 와서 일해."

"정말요?"

"그래. 주말에 여기로 10시까지 와라. 10시야. 결혼식 있어서 11시부터 뷔페 시작이니까 늦지 말고 와. 너희들이 할 일은 식탁에서 빈 접시를 가져와서 큰 통에 넣는 거야. 알겠지?"

"네."

"유니폼은 그날 오면 줄 거야. 여기 서류 작성하고 이름하고 전화번호, 주소, 계좌번호 적어 놓고 가라."

종이 한 장을 주고 매니저는 바쁘다는 듯 서둘러 다른 곳으로 갔다. 준오는 아이들이 서류의 빈 칸을 채우자 밖으로 데리고 나와 자판기 커피를 뽑아 주며 말했다.

"이 뷔페 괜찮아. 시급도 잘 주고 저 매니저 형님이 사람이 좋아. 생긴 건 소도둑같이 생겼어도."

"형, 잘 부탁해요."

"부탁은 무슨. 너희들이 고등학교 때부터 이렇게 사회 경험을 하는 건 좋은 거야. 열심히 일해라."

"네, 형. 고맙습니다."

둘은 허리를 90도로 굽히며 인사했다.

"야, 나도 너희랑 똑같이 여기서 알바 하는데 무슨 인사냐. 잘들 가라. 난 여기 좀 있다가 들어가야지. 곧 잔치가 있어서 진행 준비해야 돼."

"형, 안녕히 계세요."

두 아이는 뷔페에서 나왔다. 어느새 거리는 깜깜하게 어두워져 있었다. 수많은 자동차가 만들어 낸 물결과 사람들의 행렬을 보며 재석은 생각했다. 이들도 다 먹고살기 위해 열심히 뛰고 있는 거라는 사실이 불현듯 실감 나게 와 닿았다. 알바를 하겠다고 결심하자 세상이 다르게 보였다. 수첩을 꺼내 재석은 몇 자 끄적였다.

노트북이 빨리 생기면 좋겠다.

그러면 언제 어디서나 글을 쓸 수 있다.

좋은 문구가 떠오르면 그 자리에서 글을 써 놓을 수 있고, 또 언제든 고칠 수 있다.

인터넷을 이용하면 언제든 자료도 찾을 수 있고…… 사진과 동영상 자료도 충분히 얻을 수 있다.

아, 벌써부터 기대가 된다.

자료도 많이 찾고 취재도 많이 하면, 좋은 소설이 술술 써지겠지.
^^

채린의 등장

야자가 끝났다. 아이들은 가방을 메고 피곤한 몸을 이끌고 교실을 나섰다. 복도에는 웅성거리며 집이나 독서실로 가는 아이들의 행렬이 괴기스러운 좀비들의 그것처럼 계단에서부터 현관, 운동장으로 퍼져 나갔다. 재석과 민성도 가방을 메고 계단을 내려와 마사토가 깔린 운동장을 자그락거리며 가로지르기 시작했다. 다른 아이들과 달리 둘은 학원을 많이 다니지 않았다. 영어와 국어 정도. 이미 갈 길을 정한 둘이었다. 학원에서는 그들의 길을 밝혀 주지 않는다. 재석은 작가의 꿈을 꾸고 있고 민성의 목표는 다큐멘터리 감독이다.

재석이 야자 시간 내내 읽던 소설책 《바람과 함께 사라지다》는 상하로 나뉜 두꺼운 책이었다. 읽어 보라고 추천한 사람은 국어 교사인 김태호였다. 재석이 일진에서 나와 마음잡은 것을 보고 가장 많이 멘토링을 해 주는 사람이 바로 그였다. 그는 좋은 소설을 많이 읽으라고 권했다. 전에는 서머셋 모옴의 단편집을 한 권 건네주며 이렇게 말한 적도 있었다.

　"재석아. 빨리 성공하려는 사람들은 대개 자기계발서를 읽는데 그건 음식으로 치면 초콜릿이야. 에너지가 부족할 때 빨리 효과를 보려는 거지. 진짜 오랫동안 체력을 유지할 수 있도록 기초를 다져 주는 음식은 고기나 채소 같은 거야. 다소 먹기 힘들고 맛도 별로인 채소가 인문학 책 같은 거라면, 맛도 있고 체력까지 길러 주는 고기 같은 게 소설책이야. 소설에는 인간의 고뇌와 삶의 본질이 모두 들어가 있단다. 물론 자기계발도 할 수 있지."

　그래서 재석은 서머셋 모옴의 단편집은 물론 동서고금의 유명한 소설을 많이 읽으려고 애썼다. 그 결과 차근차근 독서량도 늘고 있다. 《바람과 함께 사라지다》는 오늘부터 읽으려고 들고 왔는데, 남북전쟁 당시의 배경을 어느 정도는 알아야 쉽게 이해할 수 있는 내용이었다. 독서량이 절대적으로 부족한 재석의 입장에서 진도를 팍팍 나간다는 건 쉬운 일이 아니었다. 어려운 단어가 나올 때마다 스마트폰으로 검색해서 그 뜻과 배경지식을 공부하며 읽으려니 저녁 시간 내내 읽었는데도 몇 페이지 넘기지 못했다.

"미국 영화를 보면 집 현관 앞에 흔들의자를 놓고 주인공들이 앉아 있잖아. 거기를 뭐라고 부르는지 아냐?"

"몰라."

"포치야, 포치. 이 책에 나오더라구. 거기 그늘에 앉아서 시원한 음료수를 마시면서 노예들이 일하나 안 하나 감시하는 거야."

"응. 영화에서 많이 봤어."

"크래커는 뭔지 알아?"

"크래커? 먹는 거?"

"아냐. 남부에 사는 가난한 백인을 비하할 때 크래커라는 단어를 썼대."

"백인 중에도 가난한 사람이 있었나 보네."

"지주가 아니면 그저 흑인보다 조금 형편이 나은 정도였나 봐."

객쩍은 이야기를 나누며 들고 있던 책을 가방에 넣은 뒤 재석은 휴대전화를 확인했다. 문자가 하나 와 있었다. 처음 보는 번호였다.

안녕하세요.
오빠 만나려고 교문 앞에서
기다리고 있어요.
끝나면 나오삼. 채린.

주소록에도 없는 전화번호여서 재석은 잘못 온 문자이려니 생각했다. 어깨너머로 슬쩍 보던 민성이 말했다.

"채린? 이게 누구야? 야, 너 딴 여자애하고 바람 피우냐?"

"뭐? 야, 인마! 말이 되는 소리를 해라. 잘못 온 거야."

둘은 터덜터덜 교문을 향해 비탈진 길을 걸어 내려왔다. 도심의 불빛을 이겨 낸 밤하늘의 별 몇 개가 반짝이고 있었다. 재석은 집에 가서 책을 마저 읽다가 졸리면 잘 생각이었다.

교문 앞을 통과하자 여학생 하나가 기다리고 섰다가 재석을 향해 다가왔다.

"저, 재석 오빠 맞죠?"

"누구……?"

어둠 속에서도 금안여고 교복을 알아볼 수 있었다. 보담과 향금을 하도 많이 만나서 언뜻 봐도 눈에 딱 들어왔다.

"저는 금안여고 1학년 한채린이라고 해요."

"나를 알아?"

"오빠는 저를 모르겠지만 전 오빠를 알아요."

"어, 어떻게?"

"은지 언니하고 같은 반이거든요."

"그래?"

은지는 아기를 부모님이 키워 주시기로 해서 1학년으로 복교할 수 있었다. 그런 결정을 내리기까지 재석과 친구들의 조언이 크게 작용했다.

"나 아무래도 후배들하고 학교 다니는 거 어렵겠지?"

신혼집에 놀러 갔을 때 은지가 재석이 일행에게 한 말이었다.

"아냐. 은지야. 너 꼭 복학해. 그래야 자존감도 올라가고 학생으로서의 정체성도 확인할 수 있어."

보담이 단호하게 말했다.

"그래. 네가 노력을 해야 어른들 생각도 바뀌어."

향금도 거들었다.

하지만 민성은 조금 의견이 달랐다.

"너 1년 꿇어서 괜찮겠냐? 애들이 맞먹으면 어쩌려고?"

그러자 은지가 배시시 웃었다.

"내 잘못으로 꿇었는데 어때? 후배들하고 친구 해야지. 하지만 아기 때문에 학교에 온전히 다닐 수 있을지 어떨지 모르겠어. 검정고시를 보는 편이 나을 것 같기도 하고."

재석이 결론을 내렸다.

"은지야. 나도 여러 번 학교 잘릴 뻔했는데, 지금 생각해 보면 학교를 다닐 수 있다는 건 큰 행복이야. 꼭 다시 다니도록 해. 다니다가 정 안 되겠다 싶으면 그때 검정고시를 칠 수도 있으니까."

하지만 결심한 은지가 학교로 복귀하는 과정도 결코 쉽지는 않았다. 학부모 운영위원회가 열리고 교장선생과 교감선생, 그리고 교사들까지 참석해서 격렬한 찬반토론을 벌였다. 사고를 쳐서 애까지 낳은 유부녀를 받아 주면 다른 선량한 학생들이 물들 수 있다는 것이 반대 측의 주장이었다. 난상토론 끝에 결국 재입학 불가를 결정하려고 할 때 부라퀴가 나타났다. 부라퀴가 운영위원회 고문이었기에 지푸라기라도 붙잡고 싶은 마음에 보담과 은지가 참석을 부탁한 것이었다. 부라퀴는 휠체어를 타고 학교에 나타나 은지의 후견인 역할을 하며 말했다.

"무슨 일이 있어도 학생이 있어야 할 곳은 학교입니다. 그 학생의 피부색이 어떻든 장애가 있든 없든, 아기를 낳았든 안 낳았든, 학생이라는 사실에는 변함이 없습니다. 학생을 학교에서 보호하지 않고 사회에 내보내면 그로 인한 사회적 비용이 더 커집니다. 감옥에 갈 죄를 지은 것도 아니지 않습니까?

교육자들이 이런 아이들을 받아들이지 않는다면 이 아이들은 갈 곳이 없습니다. 선례를 만들어 주세요. 외국을 보십시오. 어려운 여건에서 아이를 키우며 학교에 다니는 아이들에게 격려와 지원은 못할망정 내치지는 마십시다."

"다 맞는 말씀입니다. 하지만 우리는 그 학생을 믿을 수가 없습니다."

"맞아요. 지금은 복학하고 싶어서 얌전한 척하다가 나중에 또 문제를 일으킬지 어떻게 압니까?"

운영위원장과 부위원장이 흥분하며 결사반대를 외쳤다. 부라퀴는 할 수 없이 마지막 카드를 내밀었다.

"그럼 그 학생에게 직접 이야기를 들어 보시지요."

이런 일을 대비해 부라퀴는 은지를 운영위원회가 열리는 소회의실 앞에 세워 놨었다.

"아니, 이건 예정에 없던 일이잖아요?"

운영위원들은 술렁댔다. 틈을 주지 않고 부라퀴는 밖에 대고 외쳤다.

"은지야. 들어와라."

은지는 조심스럽게 문을 열고 들어왔다. 학생 신분에 애를 낳아서 기른다는 죄 아닌 죄로, 은지는 잔뜩 주눅이 들어 있었다. 운영위원들은 마땅찮은 표정으로 일제히 은지를 바라보았다. 노랗게 물들였던 머리를 제 색깔로 바꾸고 단발머리를 단정하게 빗어 내린 은지는 민낯으로 서 있었다. 애 엄마라는 것을 믿을 수 없을 만큼 평범한 고등학생의 모습이었다. 오히려 또래보다 더 앳돼 보이는 청순한 모습에 잔뜩 가자미 눈을 떴던 운영위원들은 혼란스러워졌다. 자신들이 배제하려던 비행청소년은 온데간데없고, 비에 젖은 작은 파랑새 한 마리가 떨고 있는 것 같았다.

"으흠!"

아까까지 복교는 안 된다고 입가에 버캐가 끼도록 떠들던 운영위원장은 헛기침만 했다. 다른 위원들도 애써 외면했다. 은지는 눈치 빠르게 이 낌새를 놓치지 않았다.

"죄송합니다. 정말 다른 아이들에게 모범이 되도록 잘할게요. 학교를 떠나 보니 정말 제가 할 수 있는 일이 없다는 것을 알았습니다. 고등학교만이라도 졸업할 수 있게 해 주세요. 철이 없어서 학교 다닐 때는 얼마나 제가 행복했는지 몰랐어요. 공부할 수 있는 기회가 얼마나 소중한지 몰랐어요. 복학만 시켜 주시면 뭐든 할게요. 한 번만 기회를 주세요. 후배들한테도 꼭 좋은 언니가 되겠습니다. 약속 드려요. 으흐흑!"

은지의 절규에는 진심이 어려 있었다. 그 진정성이라면 태산도 움직일 수 있을 것 같았다. 딸 같은 아이가 뼈저리게 반성하며 공부하고 싶다고 하니 보고 있는 운영위원들도 짠해졌다. 닭똥 같은 눈물을 뚝뚝 떨어뜨리는 은지의 예쁜 얼굴을 보고 있는 운영위원들에게도 다 은지 같은 딸이 있었다. 몇몇 여성 운영위원은 공감의 눈물을 짜내고 있었다.

"아, 공부하겠다는 걸 반대하는 건 아니에요. 다른 아이들에게 영향이 있을까 봐 그런 건데……. 어험! 반면교사가 될 수도 있을 것 같으니 정히 그렇다면 한번 기회를 주는 것도……."

운영위원장이 한풀 꺾이자 분위기는 급하게 돌아섰다. 은지의 진심이 통한 것이다. 게다가 진보 성향의 교육감으로 바뀌면서 교육 현장의 혁신을 강조한 것도 한몫했다. 결국 은지는 조건부로 복교할 수 있었다. 학칙을 잘 지키고 수업일수를 모두 채우고 타 학생들의 모범이 된다는 조건이었다. 나중에 안 사실이지만 민성과 재석, 그리고 보담과 향금이 만든 다큐멘터리가 사회적으로 일으킨 파장 또한 큰 도움이 되었다고 한다. 그래서 은지는 1학년으로 다시 학교를 다니고 있었다. 이는 물론 시아버지와 시어머니가 아기를 맡아서 길러 주었기에 가능한 일이었다.

"그랬구나. 은지랑 같은 반이야?"

"네, 은지 언니랑도 친해요. 그리고 저번 백일잔치 때도 오빠 봤는데."

"그래? 그때도 왔었어?"

"네. 오빠는 그때 보담 언니랑 향금 언니, 그리고 민성이 오빠랑 같이 있어서 제대로 인사는 못했어요."

밝은 곳으로 나와서 채린의 얼굴을 본 재석은 살짝 놀랐다. 큰 눈망울에 하얀 피부, 오목조목한 이목구비가 연예인으로 착각할 정도로 예뻤다. 이렇게 예쁜 여자애가 자기를 찾아와서 무슨 이야기를 하려는 것인지 도통 알 수가 없었다.

"잠깐 저랑 얘기 좀 하면 안 돼요?"

"무슨 얘긴지는 모르겠지만, 그럼 빵집으로 갈까?"

"좋아요."

그때 민성이 주책없이 따라왔다.

"야, 나도 가도 되냐?"

"그럴래? 너 집에 바로 안 가도 돼?"

그러자 채린이 민성을 보며 인사를 했다.

"안녕하세요? 저는 은지 언니랑 같은 반인 한채린이라고 해요."

"어, 그래. 안녕. 재석이한테 무슨 볼일이야?"

"오빠, 오늘은 제가 재석 오빠랑 할 얘기가 좀 있거든요. 죄송하지만 자리 좀 비켜 주실래요?"

민성은 잠시 멍한 표정이 되었다가 이내 정신을 차렸다.

"그래, 알았어. 재석아, 나 먼저 갈게. 나중에 보자."

궁금해 죽겠지만 이번만 참는다는 표정을 지어 보이고 민성은 사라졌다. 둘은 로마베이커리로 들어섰다. 카페를 겸한 그 제과점에서 채린은 커피를 주문했고 재석은 주스를 마셨다.

"저는 커피 먹어도 잠 잘 자요. 어려서부터 먹어 버릇해서."

"응, 그래?"

"오빠가 저를 잘 모르니까 제 소개를 할게요. 저 금안여고 1학년이구요. 오빠 얘기는 많이 들었어요."

"누구한테서?"

"은지 언니도 얘기했었고요. 우리 학교에서 오빠 모르는 사람은 없어요."

"정말?"

"네. 얼짱인 보담 언니랑도 친하다고 그러고 또 스톤에서 있었던 일이라든가 이런저런 이야기 다 알아요. 은지 언니 다큐멘터리 찍어 준 거 하며……."

재석은 갑자기 얼굴이 뜨거워졌다.

"야, 뭐 그런 걸 가지고."

"그래서 우리 금안여고 애들은 오빠 이름 대면 다 알아요."

그 말이 기분 나쁘지는 않았다.

"근데 날 왜 만나자고 했어?"

"오빠 글 쓰신다면서요. 늘 메모를 한다는 이야기를 들어서 선물을 좀 가져왔어요."

갑자기 부담스러움이 몰려왔다.

"별건 아니구요. 제가 좋아하는 수첩하고 초콜릿인데요. 이거 가지고 다니면서 메모하시라구요."

채린은 깜찍하게 생긴 수첩과 작은 초콜릿을 가방에서 꺼내 내밀었다. 초콜릿에는 관심이 없었지만 수첩은 그렇지 않았다. 기자들이 쓰는 것 같은 스프링 달린 길쭉한 수첩이었는데, 한눈에 봐도 획획 넘기면서 편안하게 메모할 수 있을 것 같았다. 재석이 가장 좋아하는 스타일의 메모용 수첩이었다. 부담스러운 수준의 선물은 아니라서 재석은 일단 그냥 놔둬 보기로 했다.

"오늘 제가 문자 보내서 놀라셨죠?"

"조금. 그런데 나 지금 집에 가야 되는데 용건 있으면 빨리 말했으면 좋겠어."

"오빠 역시 그렇군요."

"뭐…… 뭐가? 그게 무슨 소리야?"

"오빠, 저 오빠랑 사귀고 싶어요."

"……??"

동그랗게 눈을 뜨고 마주 보는 채린이의 얼굴에서 재석은 눈을 돌렸다. 맑은 눈망울에 빨려 들어갈 것만 같았기 때문이다.

"야, 갑자기 무슨 소리야? 꼬맹이가 못하는 소리가 없다."

"가볍게 말하는 거 아니에요. 저 오빠랑 좀 알고 지내고 싶어요."

"그런 소리 하지 말고 공부나 열심히 해. 지금은 공부할 때야. 나 옛날에 일진이었을 때 애들 때리고 다니고 철없이 굴었는데 지금 굉장히 후회하거든. 지금 내가 그때로 돌아갈 수만 있다면 뭐든 하겠다. 너 지금 고1이잖아. 대학도 가야 되고. 네가 이러고 다니면 부모님이 걱정하실 거야. 그리고 너처럼 예쁜 애가 왜 나 같은 남자한테 사귀자고 그래? 나중에 대학 가면 좋은 친구 많이 생길 텐데."

채린의 표정이 급격히 어두워졌다. 반드시 목표를 이루겠다고 도전했다가 좌절한 사람의 바로 그 표정이었다. 하지만 채린은 이내 마음을 수습하고 그럴 줄 알았다는 듯한 담담한 얼굴로 다시 물었다.

"오빠, 혹시 보담 언니 때문에 그러는 거예요?"

"보, 보담이?"

"네. 오빠하고 사귄다는 소문이 있던데, 그거 맞아요?"

"그런 건 아니고. 보담이랑 내가 친구인 건 맞지만 보담이 때문에 널 안 만나겠다는 건 아니야. 내가 지금 중요한 시기라서 그런 거야."

"오빠가 공부하는 거 하나도 방해 안 하면 되잖아요. 저 오빠랑 같이 공부도 하고 좋은 얘기 듣고 싶어서 그래요."

"그런 문제가 아니라니까."

"그런 것도 아니면 결국 보담 언니 때문이잖아요."

"아, 참. 아냐."

"보담 언니 정말 예뻐요. 같은 여자가 봐도. 키도 크고 예쁘고 늘씬하고 공부도 잘하고 완벽해요. 하지만 그 언니랑 사귀는 게 아니라면 저랑 사귈 수 있잖아요. 저랑 알고 지내는 게 나쁜 건 아니잖아요."

"글쎄, 나는 그럴 마음이 없다니까."

재석은 난감했다. 자신의 어디가 좋다고 이러는지 알 수가 없었다.

"보담 언니와의 관계를 정리하면 저랑 사귀실 건가요?"

"정리는 무슨 정리를 해. 네가 뭔데 우리 사이를 정리한다는 건데?"

그 말을 들은 재석은 욱했다.

때마침 차 한 대가 클랙슨을 울렸다. 채린을 데리러 온 차

같았다.

"어, 벌써 왔네. 그럼 오늘은 이만 갈게요. 또 봐요, 오빠. 제이름 기억하세요."

채린은 길 건너로 뛰어가 차를 타고 이내 사라졌다. 재석은 어안이 벙벙했다.

다음 날 학교에 가자 민성이 빙글거리며 다가왔다.

"야, 재미 좋아? 오빠, 죄송하지만 자리 좀 비켜 주실래요?"

민성이 여자 목소리로 채린을 흉내 내며 놀렸다.

"뭔 소리 하는 거야?"

"어제 채린이라는 애 말이야. 내가 좀 알아봤지……. 야, 끝내주더라."

"쓸데없는 소리 하네."

"금안여고 1학년 얼짱이래, 걔가. 어쩐지 예쁘더라니. 아, 인증샷 찍어 뒀어야 하는 건데."

"야, 헛소리 하지 마. 비싼 밥 먹고."

향금을 통해 채린에 대해 알게 된 사실에 대해 민성은 주절주절 떠들었다. 입학하자마자 채린은 다섯 개 반 150명 1학년 여학생 중에 최고 얼짱으로 등극했다고 한다. 금안여고에서는 보담의 뒤를 잇는 얼짱이라고 알려졌단다. 게다가 집안도

부유하고 보담이처럼 전교 1등은 아니었지만 입학 성적도 전교에서 10위권 안에 드는 공부 잘하는 학생이라는 거였다.

"야, 한마디로 말이야, 개도 엄친딸의 전형이야. 이 자식, 너는 무슨 복이 있어서 예쁘고 똑똑한 여자들이 이렇게 좋아하는 거야. 어우! 내가 부러워 미쳐요, 미쳐."

가슴을 탁탁 치면서 민성이 부러워했다.

"야, 관심 없다. 여자친구는 보담이 하나면 돼. 그리고 내가 지금 그런 거 신경 쓸 때냐?"

"이야. 뭐 아주 일편단심 나섰어. 그런데 보담이도 그렇게 생각할까?"

"너 조용히 안 할래? 저리 가."

재석은 발길질을 했다. 민성은 피하면서 제자리로 가 연신 키득키득 거렸다.

재석은 채린이라는 아이에게 정말 아무 마음이 없었다. 무엇보다 보담에 대한 의리가 아니라는 생각이 들었다. 보담이 누구인가. 수렁에 빠져 있던 자신을 구해 줬고, 보담의 할아버지인 부라퀴의 멘토링 덕분에 이만큼 거듭날 수 있었다. 글을 쓰게 해 준 것도 보담이었고, 작가의 꿈을 향해 도전할 수 있도록 격려하고 채찍질해 준 것도 보담이었다. 보담에 대한 마음은 사랑에 가까운 뜨거운 것이었다. 그걸 버리고 다른 여

자를 사귀거나 만날 수는 없다. 그건 의리의 문제였다. 그러
나 재석은 아직 몰랐다. 이런 의리도 보담을 좋아하는 감정이
바닥에 깔려 있기 때문이라는 사실을.

게다가 재석은 혹시 보담이가 채린과의 관계를 오해라도
할까 봐 걱정스러운 마음이 들었다. 채린이는 보담이의 학교
후배고 은지랑 같은 반이라고 하지 않았는가. 잘못해서 보담
에게 어제 일이 알려지기라도 하면 어쩌나 하는 불안감이 들
었다. 보담이 토라지기라도 하면 재석은 견딜 수 없을 것 같
았다.

"말도 안 돼."

재석은 고개를 세차게 흔들었다.

한밤중의 봉변

　토요일 오후엔 돌잔치와 칠순잔치가 각각 두 건이나 있었다. 룸마다 가득 찬 손님들은 뷔페식당에서 저마다의 취향에 맞는 음식을 골라 담았다. 화사하게 한복을 입은 아기 부모들은 인사하기에 바빴고 어린이부터 노인까지 다양한 연령의 사람들이 접시를 들고 어떤 것을 먹을지 고민하며 돌아다녔다. 점심에 이어 토요일 저녁 피크타임. 쏟아져 들어오는 불평불만과 접시를 치우라는 매니저의 명령에 재석과 민성은 넋이 나갈 지경이었다.

　"야, 재석이. 접시 치우는 데 투입."

술 상자를 나르던 재석에게 매니저가 와서 지시를 내렸다. 접시를 치우기 위해 재석은 허둥지둥 테이블 사이를 누볐다. 한 테이블을 쳐다보니 노인 서너 분이 앉아 식사를 하고 계셨는데 접시 하나는 치워도 될 것 같았다. 음식이 거의 남아 있지 않았고, 다른 접시에 있는 음식은 아직 손댄 흔적이 없었기 때문이다. 노인들은 손자를 본 할아버지를 축하해 주며 이런저런 이야기를 나누고 있었다. 슬그머니 다가간 재석은 접시 하나를 손으로 집었다. 그 순간이었다. 옆에 있던 곱상한 할머니가 접시를 딱 잡아챘다.

"이봐. 아직 다 안 먹었어."

"네? 다 드신 줄 알고."

"다 먹지도 않은 음식을 가져가면 어떡해. 음식 남기면 죄받아."

"……."

"쯧쯧쯧! 나라가 말세야. 이 많은 음식을 그냥 버려 버리니. 이북에 있는 사람들은 쫄쫄 굶는다는데 말이야."

민망해진 재석은 뒤로 빠져나왔다. 벌써 3주째 뷔페식당에서 아르바이트를 하고 있지만 테이블에서 빈 접시를 빼내는 일은 생각보다 정말 쉽지 않았다. 그때 그런 재석의 모습을 본 매니저가 다가와 말했다.

"재석아, 내가 얘기했잖아. 노인들 테이블은 일단 보류해. 저러다가도 나중에 다시 식사하시면 깨끗이 비워서 쌀알 하나 안 남기기도 한단 말이야. 젊은 사람들하고는 달라."

"네, 근데 아직도 어려워요. 언제 어떻게 타이밍을 잡아야 할지 말이에요."

"접시에 말이야. 냅킨 같은 걸 막 구겨 넣잖아? 그건 백 프로 빼. 더 이상 안 먹는다는 뜻이야. 그리고 뼈가 있잖아. 뼈만 담아 놓은 접시가 있으면 그것도 빼. 대부분은 더 버릴 뼈가 있어도 다른 접시에 뼈를 담으니까. 그래도 이 경우는 백 프로는 아니고, 뼈를 더 버려야 되는데 왜 치우냐고 화를 내는 사람도 있으니까 눈치를 잘 봐야 해."

"네."

"수저가 놓인 접시도 건들지 마. 수저가 있으면 더 먹겠다는 뜻일 수도 있고, 또 수저째로 접시를 빼면 나중에 그 위에 접시 쌓기 힘들어."

"네, 알겠어요."

매니저에게 요령을 듣고 슬금슬금 눈치를 보며 다른 테이블 사이를 돌아다녔다. 하지만 문제는 또 있었다. 접시를 손으로 제대로 받치는 요령을 아직 터득하지 못한 것이다. 경력 많은 선배들은 귀신같이 접시를 어깨 높이에서 벌려서 수십

장을 한꺼번에 나르는데 그 모습은 언제 봐도 멋있었다. 접시 서너 장을 든 민성이 스쳐 지나가며 물었다.

"할 만하냐?"

"넌 어때?"

"아, 죽겠어. 치워도 치워도 끝이 없어."

"그래도 어떻게 하겠냐? 끝나는 시간까지는 열라 해야지."

아르바이트를 시작한 지 3주밖에 안 됐는데 둘은 이제 접시만 봐도 진저리가 날 정도였다. 토요일 하루만 해도 5천 장에서 6천 장의 접시가 소모되었다. 음료수병과 술병도 거의 9백에서 천 병 정도 쏟아져 나오는데, 막노동도 이런 막노동이 없을 정도였다. 지난주에는 키가 큰 재석이 빈 병 박스를 자기 키보다도 높이 쌓아서 밀어야 했던 적도 있다.

어느 정도 식사 분위기가 정리되자 잘생긴 준오가 마이크를 잡고 무대 위로 올라갔다.

"자, 여러분 식사들 많이 하셨습니까? 여러분에게 경품을 드리는 노래자랑 시간이 돌아왔습니다."

웬일로 이번 잔치는 돈을 좀 쓰는 것 같았다. 불경기 때문에 대개 밴드를 부르지 않는데 이번은 달랐다. 밴드가 흥겨운 음악을 뽑아내기 시작하자 사람들은 금세 흥이 올라 박수를 쳤다. 귀청이 떨어질 것 같은 음악 소리를 들으며 재석은 부지런히 접시를 날랐다. 끝나는 시간인 10시까지는 어쨌든 열심히 뛰어야 한다.

"아, 짜증 나!"

민성이 손에 호박죽 범벅을 해서 그릇을 들고 가며 말했다.

"으이그! 호박죽이 다 묻었어."

"나는 저번에 까르보나라였어."

치울 때 가장 지저분한 것이 까르보나라와 호박죽, 혹은 각종 소스와 초장이었다. 냄새도 심할뿐더러 분리수거가 어려웠다. 깨끗이 긁어 먹은 깔끔한 접시가 가장 편했지만 그런 걸 기대하기는 어려웠다.

그사이에도 준오는 능숙하게 사회를 보았다.

"자, 여러분. 남들은 나에게 관심이 있다, 없다? 없다, 그렇습니다. 내가 나가서 춤을 추든 노래를 하든 누구도 관심 없습니다. 잠깐의 부끄러움을 이기시면 여기 선물이 푸짐합니다. 자, 어서 나오세요."

준오는 능숙하게 여흥을 이끌었지만, 사람들은 쳐다보지도 않고 자기들끼리 이야기를 하거나 하나둘씩 식당을 빠져나갔다. 그렇게 빈자리가 생기면 재석과 민성 같은 알바생이 달려가 접시를 치우고 테이블을 정리해야만 했다. 무질서 속에서도 나름의 질서를 갖고 알바생들은 한쪽에서 연신 조리를

하거나 음식을 계속 치웠고, 손님들은 부지런히 먹고 빠져나
갔다.

저녁 10시가 다 되어 갈 무렵 행사 진행을 마친 준오가 먼
저 다가와 말했다.

"재석아, 민성아. 형 먼저 간다."

"형, 수고하셨어요."

"너희들도 잘 치우고 가라."

"형, 오늘 팁 좀 받으셨어요?"

"팁은 무슨 팁. 하나도 안 주더라. 내가 사회를 잘 못 봤나 봐."

행사 진행을 주로 하는 준오는 기획사에 속해 있다고 했다.
접시 나르는 것보다는 알바 비용이 많을 줄 알았는데 놀랍게
도 잔치 한 건을 치르는 데 고작 3만 원이라고 했다.

"아니, 형! 그거밖에 못 받는 거예요?"

"3만원이 어때서? 많이 받는 거지. 이름 없는 무명 엠시잖
아. 한 시간 정도 하고 3만 원이면, 너희들보다 몇 배나 받는
건데."

"하긴, 우리보다 여섯 배 더 받네. 이래서 사람은 기술이 있
어야 돼. 일인일기! 히히!"

민성이 웃으며 말했다.

"기술은 무슨. 수고해라. 동생 공부 봐 주러 가야 해."

형은 그렇게 두 아이의 등을 두드려 주고 식당을 나섰다.

"동생 공부라니, 뭐냐?"

뒤에 남은 재석이 민성에게 물었다.

"응. 고2짜리 여동생이 있는데 애가 공부는 안 하고 뺀질대나 봐. 가정형편도 별로 안 좋고 하니, 학원에도 못 보내고 형이 직접 가르친대. 그런데 자꾸 반항하나 봐. 사춘기잖아."

"오빠가 동생 가르치는 건 어려운데."

"안 그래도 자꾸 엇나가기만 한대. 공부 안 하면 인생 쫑 난다고 윽박질러도 소용없나 봐. 왜 학원 안 보내 주냐고 투정이나 부리고. 돈 없다고 하면 휙 하니 집 나갔다가 다음 날 들어오고 그런대. 형은 열심히 살려고 노력하는데 동생은 영 아닌가 봐."

"으이그, 오빠 고생하는 걸 봐서라도 맘 잡아야 하는데."

"어쭈! 누구는 맘께나 일찍 잡으셨네요."

민성이 깐죽대며 자리를 옮겼다.

"뭐, 인마! 너 이리 와!"

"히히. 야, 일하자! 접시 쌓였다."

둘은 매니저가 쳐다보고 있지 않아도 자기에게 주어진 일이 무엇인지 잘 알았다. 열심히 접시를 나르고 테이블을 치우며 뷔페식당을 마지막까지 정리했다. 지저분해진 테이블보는 세탁업자들이 와서 수거해 갈 것이고, 곧 빈 식당에는 옷을 벗은 것처럼 앙상해진 테이블과 의자만 자리를 지키게 될 것이다. 불이 꺼지고 알바생들은 하나둘씩 옷을 갈아입고 거리로 나섰다. 10시까지 근무라지만 한 번도 10시 이전에 끝난 적이 없다.

"아오, 어깨야! 여기 좀 두들겨 봐."

민성이 목을 돌려서 가져다 댔다. 재석은 어깨 근육을 꽉꽉 주물러 주었다.

"야, 살살 해! 살살."

"왜? 두들겨 보라며, 인마."

"거기 근육이 뭉쳤다고."

"그래도 우리 많이 능숙해졌다. 첫날은 죽는 줄 알았는데."

"말도 마라. 몸살 나서 파스 값이 알바비보다 더 나오겠다 싶었다니까."

알바 첫날 난생처음 해 본 열두 시간의 노동은 정말 상상 이상이었다. 평소에 쓰지 않던 근육을 써야 해서 혈기왕성한 재석과 민성도 금세 녹초가 되고 말았다. 그리고 뷔페식당에서는 어찌 그리 잠시 쉴 틈도 주지 않고 알바생들을 돌리는지, 말로는 2시와 5시 사이에 휴식시간이 있다고 했지만 휴식은 하는 둥 마는 둥이었다. 재석과 민성은 돈 벌기가 정말 힘들다는 걸 알게 되었다. 재석은 알바를 시작하면서부터 엄마가 식당 일을 마치고 돌아오면 어깨를 안마해 주곤 했다.

"흠……, 알바 문제를 갖고 다큐멘터리를 찍어야 할 것 같아."

민성이 걸어가며 말했다.

"카메라만 사면 여기 와서 찍을 거야. 아참, 저번에 다큐멘터리 봤더니 뷔페식당에서 본전을 뽑으려면 말이야, 몇 접시나 먹어야 되는 줄 아냐?"

민성이 재미있는 사실을 혼자 안다는 듯 물었다.

"글쎄?"

재석은 별 관심이 없었다.

"실험을 했는데 네다섯 접시를 꽉 채워서 먹어야 간신히 본전을 뺀대."

"그래? 대단하다."

"맞아. 근데 실험한 사람 중에 본전을 뽑은 사람이 딱 한 사람 있었어."

"누군데?"

"레슬링 선수인데, 무려 아홉 접시!"

"으하하하하! 대박!"

두 아이는 웃으며 골목길에서 헤어졌다.

"내일 보자."

"내일 일찍 와."

"알았어."

재석은 부지런히 집으로 발걸음을 옮겼다. 10시 반이 넘은 거리에는 어둠이 가득했지만 아직도 토요일의 일탈을 꿈꾸는 사람들의 행렬이 물 흐르듯 흘러가고 있었다.

골목 어귀에 들어섰을 때 뭔가 이상한 느낌이 들었다. 오랜만에 찾아온 느낌이었다. 누군가 자신을 노리며 기다리고 있을 때 느껴지는 살기였다. 긴장하며 재석은 꺾어 신었던 신발을 제대로 신고 허리를 폈다. 여차하면 팔다리에 머리까지 무기로 만들어야 하기 때문이다. 거치적거리는 게 있으면 안 된다. 그 순간 몇몇 아이들이 재석 앞에 나타났다. 처음 보는 얼굴들이었다.

"뭐냐, 너희들?"

"네가 황재석이냐?"

다부진 몸매를 한 녀석 하나가 앞에 나섰다.

"누구냐, 너는?"

"경탄고등학교 최우석이다."

"경탄고등학교 우석이? 그게 누군데?"

어디선가 들어 본 이름 같기도 했다. 경탄고등학교는 운동부가 많기로 유명한 학교였다. 설립자가 만능 스포츠맨이어서 운동부란 운동부는 다 만들었다. 축구부를 비롯해서 야구부 등 구기종목은 물론이고 태권도와 유도 등의 개인 투기종목 운동부까지 있었다. 대회에서도 종종 우승을 하곤 했다. 우석이라는 이름을 한두 다리 건너 들은 적이 있는 것 같았다.

하지만 이럴 때는 최대한 상대를 무시하는 편이 유리하다. 상대방을 흥분시킬 수 있고, 그럼으로써 허점을 찔러 승률을 높일 수 있기 때문이다. 일단 유리한 고지를 빼앗는 방법이다.

"너, 나 모르냐? 나 병규랑 친군데."

병규와 연결이 되자 기억이 나는 것 같았다. 우석이는 경탄고등학교 일진 짱이라는 녀석이었다. 초등학교 때부터 유도를 해서 그야말로 몸이 다부졌고, 목이 짧고 몸통이 우람해서 과연 유도 선수다웠다. 하지만 녀석과 패거리가 왜 재석을 찾아왔는지 알 수가 없었다. 지금은 스톤과 셀도 해체됐고 주먹 쓰는 일은 전혀 하지 않는 재석이기 때문이다.

"나한테 무슨 볼일 있냐? 병규 그 자식은 여전히 나이트클럽 웨이터 하냐?"

"그건 네가 직접 물어봐라."

"하하, 별로 관심 없다."

병규는 은지의 애 아빠로 오해를 받아서 같이 병원에 입원했다가 퇴원하면서도 재석과 별로 개운치 않게 헤어졌다. 마지막으로 남긴 말은 이거였다.

"재석이, 너. 네가 날 오해한 덕분에 엄청 시달렸다."

"미안하다. 본의 아니게."

미안한 마음이 드는 건 사실이었다. 병규 말을 전혀 듣지 않고, 정황상 병규를 은지의 애 아빠로 오해하는 바람에 한바탕 싸움이 벌어질 뻔도 했으니 말이다. 하지만 정말 악의는 없었다. 그저 남들보다 재석이 조금 정의롭다는 게 탈이라면 탈이었다.

"이 신세는 반드시 갚으마."

병규는 애써 분을 삭이는 것 같았다. 그 기억을 떠올리면서 여유롭게 말했지만 재석은 온몸의 근육에 신경을 곤두세우고 있었다.

"얘기 좀 하자."

담배를 꼬나물고 있던 우석이 틱 하니 담배를 튕겼다. 담배는 포물선을 그리며 날아와 재석이 앞에 떨어졌다.

"담뱃불은 꺼라. 요즘 제법 비싸던데 끊지 그래?"

재석이 아직 불똥이 남아 발그레하게 빛을 발하는 꽁초를 발로 밟아 끄며 물었다.

"담배 셔틀 누가 했냐? 미성년자한테는 팔지도 않는데. 그나저나 나한테 온 이유가 뭐냐?"

"너 채린이 알지? 금안여고 1학년 한채린."

순간 채린의 귀여운 얼굴이 떠올랐다. 이름만 들어도 가슴이 환해지는 느낌이었다. 왜 그런지는 알 수 없었다.

"응. 그래. 나한테 찾아온 적이 있지. 근데 그게 너랑 무슨 상관이지?"

"채린이 다시는 건드리지 마라. 채린이는 내 거니까."

"푸하하하!"

재석은 어이가 없어 웃었다. 아마 우석은 재석이 채린과 썸이라도 타는 줄 알았나 보다. 그래서 경고한답시고 찾아온 거였다.

"야. 너희 경탄고등학교 완전히 한물 갔구나."

"뭐?"

"일진이라는 자식이 여자 문제로 지금 날 찾아온 거냐? 너희 학교가 어쩌다 그 지경이 됐냐? 야, 옛날에 있던 스톤이나 셀은 최소한 그런 짓은 안 했어. 의리로 뭉쳤다구. 남자끼리 무슨 여자 문제로! 허 참, 그런 걸로 이 밤에 쫓아오고……. 어이가 없어서 말이 다 안 나온다."

"이 자식이!"

자존심 상한 우석이 주먹을 휘두르며 달려들려고 했다. 그러자 옆에 있던 애들이 살짝 만류했다.

"야, 우석아. 저기 옆에……."

골목길 입구에 경찰차가 지나가는지 빨갛고 파란 경광등 불빛이 일렁이고 있었다. 그래도 경찰은 두려웠는지 우석과 그 패거리는 잠시 흥분을 가라앉혔다.

"다시 말해 봐. 의리가 뭐 어쨌다고?"

우석이 분을 삭이지 못하고 물었다. 재석은 이걸 어쩌나 싶었다. 그 순간 서머셋 모옴의 단편집 중 한 작품인 〈어머니〉가 떠올랐다. 그 소설에서 여주인공인 로잘리아가 자기를 찾아와서 아들과 만나지 말라고 윽박지르는 라카치라에게 쓴 방법을 쓰기로 했다. 시치미를 떼면서 역으로 받아치는 것이다.

"야, 분명히 얘기하겠는데 나 지금 알바 뛰고 와서 엄청 피곤하거든. 채린인가 하는 걔는 저번 날 학교로 한번 찾아온 적이 있는데, 내 의사와는 상관없이 만나자더라. 제발 가서 나는 관심 없으니까 찾아오지 말라고 좀 말려라."

"뭐, 이게?"

의외의 말을 들은 우석은 더 흥분했다. 사실 채린은 우석의 마음을 계속 무시해 왔던 것이다. 공부도 잘하고 얼굴도 예쁜 채린이가 주먹이나 쓰고 다니는 우석을 신경 쓸 리 없었다. 하지만 채린에게 첫눈에 반한 우석은 그녀의 주변에 있는 모든 남자들과 아는 사람들에게 채린은 자기 거라고 떠들고 다니는 중이었다.

"야, 네가 누굴 좋아하든 말든 나는 관심 없다. 가라, 피곤하니까."

자신이 좋아하는 여자를 무시하는 재석에게 우석은 감정이 확 상했다. 그러나 채린에게 관심도 없다는 녀석을 붙잡고 싸울 수는 없었다.

"그 말 믿고 오늘은 내가 그냥 간다. 그런데 그게 거짓말이라는 게 알려지거나 너희 둘이 같이 있는 게 내 눈에 띄기만 하면 그때는 죽는 거야."

"야, 허 참. 그런 걸로 죽는다면 죽을 일도 참 많다. 어쨌든 그럴 일 없을 거다. 피곤해서 형님은 그만 가야겠다."

재석은 터덜터덜 패거리 사이를 뚫고 지나갔다. 겉으로는 아무렇지 않은 척 굴었지만 녀석들이 언제 덤벼들지 몰라 신경을 곤두세우고 있었다.

"어휴! 저걸……."

지켜보고 있던 우석은 분을 못 이기고 주먹을 쥔 채 옆에 있는 가게의 셔터를 갈겼다. 요란한 소리를 들은 재석은 빙그

레 웃었다. 재석은 이미 싸움과 거리를 둔 사람이었다. 그때 갑자기 어디서 읽었는지 모르겠지만 이 상황과 어울리는 구절 하나가 떠올랐다.

초원으로 탈출한 야생마는 더 이상 있었던 외양간을 돌아보지 않는다.

"맞아. 얼마 전까지 내가 저러고 돌아다녔었지. 한심한 짓이었어."
재석은 갑자기 보담이 그리웠다. 휴대전화를 꺼내 문자를 보냈다.

뭐하나?
난 알바 끝나고 완전 녹다운!! ㅜㅜ

바로 답장이 왔다.

지금까지 얼마나 모았어?

한 20만 원 정도?
노트북의 길은 멀고도 험함 ㅡㅡ;

재석은 빙긋 웃고 휴대전화를 주머니에 집어넣었다. 집에 가서 씻고 오늘 있었던 일에 대해 짧게라도 글을 써야겠다는 생각이 들었다. 요즘 재석은 자신의 이야기를 각색한 글을 쓰고 있다. 고등학교 불량서클의 리더인 남학생이 소녀를 만나 사랑에 빠지는 내용이다. 아직 독서량과 연습이 부족하기 때문에 일단은 자신의 경험을 바탕으로 소설을 쓰기 시작한 것이다.

아까의 일을 생각하자 다시 〈어머니〉의 한 장면이 떠올랐다. 아름다운 여주인공 로잘리아의 이웃에 사는 악녀 라카치라에게는 멋진 아들이 있는데 그의 이름은 큐리토다. 누구도 라카치라 같은 추녀에게 그토록 잘생긴 아들이 있으리라고는 상상하지 못했다. 짐작대로 큐리토와 로잘리아는 사랑에 빠진다. 그걸 모를 리 없는 라카치라는 로잘리아를 찾아가 자기의 아들을 어떻게 꼬였냐고 다그쳤다. 꼼짝없이 곤욕스러운 일을 당할 지경이었을 때 로잘리아는 받아치기로 위기를 모면했다. 방금 전의 상황도 바로 그 책을 읽었기에 벗어날 수 있었다.

언젠가는 자신도 이런 멋진 작품을 쓰겠다는 생각을 하며 집으로 돌아가는 재석의 발걸음이 빨라졌다. 작가의 꿈이 생긴 이후로 하루하루 경험하는 모든 일들을 앞으로 쓸 작품의 스토리와 연결하는 자신의 모습이 스스로도 대견하면서도 참 신기했다.

소설 쓰기의 괴로움

학원에서 나온 영식은 저만치에서 은주가 추위에 떨며 걸어오는 것을 보았다.

"은주야!"

반가운 마음에 영식은 은주를 향해 마구 달렸다.

"영식아!"

은주도 달려왔다. 두 사람은 얼굴을 확인할 정도까지 가까이 다가가 멈춰 섰다. 입에서 뿜어져 나오는 흰 김이 그들의 가슴이 얼마나 뜨거운지 알 수 있게 해 주었다. 눈보다 더 하얀 은주의 피부가 발갛게 달아올라 있었다. 영식이 학원을 마치자마자 자신을 찾아 길을 건너온 것이 고마웠다.

여기까지 쓰던 재석은 머리를 쥐어뜯었다.

"어! 유치해! 너무 유치하잖아. 아, 이게 아닌데."

시간 날 때마다 재석이 붙잡고 늘어지는 것은 〈문학행복〉
에 응모할 작품이었다. 제대로 된 소설을 써서 응모하고 싶은
데 왠지 어디선가 본 듯한 장면만 자꾸 떠올랐다.

"아, 뭐 쌈박한 거 없을까?"

그가 그리는 여주인공 은주는 절세미녀다. 남주인공도 마
찬가지.

"아, 이래선 정말 죽도 밥도 안 되겠다."

그동안 사다 놓았던 소설 창작 지침서 중 아무것이나 펴서
혹시 도움 될 만한 구절이 없을까 뒤적였다. 재석은 그동안
소설을 쓰기 위해 돈이 생기는 대로 유명 작가들의 소설 창
작론을 사 모았고 밑줄을 쳐 가며 부지런히 읽었다. 재석이
이렇게 열심히 공부한 적은 한 번도 없었다. 작가가 되겠다는
생각을 마음에 품자, 이러한 창작론 책도 큰 도움이 된다는
사실을 깨닫게 되었다. 밑줄 그어 놓은 부분들은 재석이 잊고
있던 문학에 대한 열정을 되살려 주었다. 그중 한 대목이 눈
에 띄었다.

소설을 쓸 때 고민 되는 문제는 혼자 풀려 하지 말라. 독자들의 머리는 때에 따라 작가보다 우위에 있다. 쓴 작품을 부끄러워하지 말고 주위의 지인들에게 보여 줘라. 그들이 해 주는 한두 마디가 작품의 방향을 바꿀 수 있다. 어차피 작품은 독자에게 읽히려고 쓰는 것. 미리 읽힌다고 해서 손해 볼 일은 하나도 없다.

"그래, 맞아!"

재석은 그동안 틀어박혀서 글만 썼지 자기 글을 남에게 보여 준 적이 없었다. 처음에는 김태호 선생에게 자주 보여 줬지만 어느 정도 글을 쓰게 되자 이제는 완성된 것을 보여 줘야겠다는 욕심이 앞섰기 때문이다. 재석은 그간 거칠게 써 놓았던 자신의 소설을 두어 명에게 이메일로 보냈다.

며칠 뒤 김태호 선생이 수업을 마치고 재석에게 말했다.

"재석이 이따 점심시간에 상담실로 와라."

"네."

밥은 5분 만에 후다닥 먹어 치우고 재석은 점심시간에 상담실을 찾았다. 상담실은 비어 있었다. 잠시 뒤 김태호 선생이 이쑤시개를 입에 물고 들어왔다.

"어, 재석이 왔냐?"

"네, 선생님."

처음 재석의 학교에 임시교사로 왔던 김태호 선생은 그동안 학생들에게 멘토 역할을 해 주었는데, 지도를 받은 학생들이 교외 대회나 백일장 등에서 성과를 낸 덕분에 재단에서 정규교사로 임명을 해 주었다. 그래서인지 김태호 선생은 처음보다 약간 살도 찌고 표정도 한결 느긋해졌다. 언젠가 반 친구 녀석 하나가 물은 적이 있다.

"선생님 정규직 되니까 좋아요? 요즘 다 비정규직 세대라는데?"

"좋지, 인마. 그럼 안 좋냐? 안정적으로 글을 쓸 수 있게 되었는데. 그런데 한편으로는 안정적이어서 오히려 작품 쓰는 데 지장이 있을까 봐 걱정이야. 그래도 맹자님이 이렇게 말씀하셨잖냐. 무항산에 무항심(無恒産 無恒心). 일정한 직업이나 재산이 없으면 마음도 일정하게 나오지 않는다는 거야. 한마디로 인마, 먹고살 게 충분해야 올바른 마음가짐을 가질 수 있고 남도 도와줄 수 있다는 거지."

그 말 그대로 김태호 선생은 과거에 비해 상당히 부드럽고 여유로운 태도를 보였다.

"소설 잘 읽었다. 이리 가까이 앉아."

재석이 소설을 보낸 사람은 바로 김태호 선생이었다. 앞에 앉자 그는 온통 시뻘겋게 칠해진 원고를 내밀었다.

"이거 선생님이 좀 봤는데……."

"엉망이죠?"

"당연히 엉망이지, 인마. 네가 글을 얼마나 써 봤다고."

"죄송합니다."

"죄송할 거 없어. 다 이런 과정을 거쳐서 좋은 글을 쓰는 거야. 그런데 하나 물어보자. 이 글의 주제가 뭐냐?"

"주, 주제요?"

"응."

"고등학생 남녀가 나누는 첫사랑, 뭐…… 그런 건데요?"

"야, 주제가 그게 뭐야. 주제는 그런 게 아니라고 내가 이야기했지? 주제는 주장이라고. 네가 하고 싶은 이야기가 있을 거 아니야, 소설 속에 그 주제 하나는 명확하게 있어야 해. 하다못해 고등학교 때 연애하지 말라는 것도 주제가 될 수 있고, 고등학교 때 연애를 해 봐야 철든다는 것도 주제가 될 수 있어. 네가 말하고 싶은 게 뭐야?"

"음, 연애를 하는 과정에서 성장한다…… 뭐, 그런 거죠."

"근데 그건 뻔하고 재미없잖아."

김태호는 안타깝다는 표정을 지었다.

"고등학생다운 새로운 주제를 찾아보는 건 어때? 이건 너 아닌 다른 사람도 얼마든지 쓸 수 있는 이야기잖아."

"그런가요?"

"그치. 그리고 어째서 남녀 주인공이 둘 다 절세의 미남, 미녀야?"

"그거야, 주인공이잖아요. 원래 주인공들은 다······."

"자식, 그것도 너무 상투적이야. 요즘 애들이 얼짱에 껌뻑 죽는 건 나도 알아. 텔레비전에 나오는 사람들을 보면 다들 미남 미녀지. 이왕이면 잘생긴 사람들이 주인공으로 나와야 보는 눈이 즐거우니까. 그런데 소설 속에서까지 그러면 너무 매력 없지 않아? 차라리 되게 못생긴 왕따랑 찐따가 사랑하는 건 어때? 글의 주제는, 진정한 사랑은 외모와 상관없다, 이런 결로 하고."

새로운 발상이기는 했다. 하지만 선생님의 태도는 농담 반 진담 반인 것 같아서 영 말하는 의도를 종잡을 수 없었다.

"아, 선생님. 저 정말 진지하단 말이에요. 이번엔 정말 상 받아야 돼요. 제대로 된 조언 좀 해 주세요."

"이 녀석 봐라, 나도 진지해. 요즘 애들이 다 외모지상주의에 빠져 있으니까 너는 오히려 반대로 가는 게 어떠냐고!"

그런 생각은 해 본 적 없는 재석이었다.

"그, 글쎄요."

"작가는 말이야, 남들이 하지 않는 이야기를 해야 되지 않겠냐?"

침을 튀겨 가며 김태호 선생은 말을 이었다.

"옛날에 고 아무개 작가는 말이야. 온 국민이 이순신을 성웅이라고 할 때 원균도 그에 못지않은 영웅이었다고 탁 치고 나갔거든. 그랬더니 사람들이 난리가 났지. 원균은 간신인 줄로만 알았는데 충신이라고 하니 말이야. 이렇게 기존의 관념에 충격을 줄 수 있어야 좋은 주제인 거야."

"그, 그러면 외모에 대해서 조금 써 볼까요?"

"외모지상주의를 비판하는 건 좋은 것 같아. 외모지상주의는 개나 줘라, 뭐 이런 식으로 파격적으로 가도 좋겠지."

"그런 게 주제가 되나요?"

"하, 이 녀석 봐라, 이거. 너 요즘 뜨고 있는 박태원이라는 웹툰 작가 아냐?"

"네, 들어 본 것 같아요."

박태원은 요즘 여러 사람의 입에 오르내리는 웹툰 작가다. 대부분의 웹툰 작가들이 은둔형 외톨이인데 반해 그는 텔레비전에도 자주 얼굴을 비춘다. 아이돌 가수 못지않은 외모가 인기에 한몫을 하고 있다. 재석은 그의 웹툰을 몇 번 보다가 말았다. 무엇보다 남자가 너무 곱상하게 생긴 게 영 체질에 안 맞았다.

"'얼짱신화'라는 웹툰은 봤고?"

"아, 그거 요즘 최고 인기예요."

"그거 보면서 요즘 너희 또래들이 열광하고 있잖아. 얼짱신
화, 그것도 박태원이 그린 거야. 너희 선배지. 10년 선배."

"우리 학교 나왔어요?"

"그래! 이 학교 나왔잖아."

"몰랐어요."

"그랬구나."

"혹시 연락처 알 수 있을까요? 만나서 이야기 나눠 보면 분
명히 도움이 될 것 같은데."

"교무부장 샘한테 여쭤 봐. 가끔 연락 온다더라."

"네, 고맙습니다. 여쭤 볼게요."

"그리고, 인마. 남이 잘 쓴 작품도 좀 읽고 그래."

김태호 선생은 책을 하나 툭 던져 주었다. 얼핏 보니 노벨
상 수상자인 콜롬비아의 작가 마르케스의 단편을 모은 작품
집이었다. 제목은《꿈을 빌려 드립니다》.

"거기에 있는 작품들을 보면서 단편소설은 어떻게 쓰는지
기법을 좀 연구하란 말이야. 남의 책도 많이 봐야 돼."

"네, 알겠습니다."

재석은 김태호 선생에게 인사를 꾸벅하고 한달음에 교무실을 찾았다. 미친개는 자리에 앉아 있었다. 그는 교무부장으로 승진한 다음에는 수업을 하는 시간보다 자리를 지킬 때가 더 많았다.

"재석이가 웬일이야?"

"선생님, 안녕하세요?"

"뭐, 나한테 볼일 있니?"

"선생님, 웹툰 작가 박태원이 우리 학교 선배예요?"

"그래. 10회."

"우와, 정말이요? 연락처 아세요? 저 연락처 좀 주세요."

"왜, 뭐하게?"

"제가 소설 쓰는데요. 그 선배에게 보여 주고 조언 좀 받으려고요."

"가만있어 봐라. 얼마 전에 연락이 오긴 했는데⋯⋯, 문자로 번호 보내 주면 되나?"

2G폰을 쓰는 미친개는 휴대전화를 열고 노안을 찡그리며 한참을 찾았다.

"이거, 눈이 안 보여서⋯⋯."

"선생님, 줘 보세요. 제가 찾아볼게요."

2G폰을 잡고 박태원이라고 입력하자 전화번호가 떴다.

"이 번호 맞죠?"

"그래, 그래."

"선생님, 저한테 문자로 쏠게요."

재석이 자신의 전화번호를 입력하자 주소록에 재석의 번호
가 떡하니 떴다.

골칫덩어리 황재석

010-5392-45＊＊

"어! 선생님. 제 번호가 입력되어 있네요."

미친개는 살짝 당황했다.

"어어, 그런데 전화번호도 문자로 보낼 수 있냐?"

아마도 재석을 골칫덩어리라고 입력해 놓은 걸 들켜서 머
쓱한 것 같았다. 재석은 자신이 미친개에게 그 정도밖에 안
되는 학생이었다는 사실이 부끄러웠다.

"선생님도 스마트폰으로 좀 바꾸세요."

문자를 전송하자 재석의 스마트폰에서 바로 문자가 수신됐
다는 진동이 울렸다.

"감사합니다."

그렇게 말하고 재석은 미친개의 휴대전화 주소록에 들어가

자신의 입력사항을 수정했다.

　꼭 성공할 황재석

　휴대전화를 건네자 미친개는 헛기침을 몇 번 하고 말했다.
"만나면 내 안부도 대신 전해라."
"네, 감사합니다. 선생님, 저 열심히 할게요."
"오냐, 오냐."
　인사를 하고 빠져나오는 재석의 가슴은 설렜다. 웹툰 작가를 만날 수 있다는 사실이 무척 기뻤고 작품을 보여 주고 조언을 들을 수 있는 선배가 생겼다는 것이 좋았다.
　교실로 돌아와 앉자 민성이 다가왔다.
"어디 갔었어?"
"김태호 선생님 만났어. 근데 요즘 잘나가는 박태원 작가가 우리 선배더라고. 그래서 번호 땄지."
"어, 그래? 몰랐었네. 애들한테도 말해 줘야지!"
"선생님들은 다들 아시더라고."
"요즘 그 웹툰 대박이야. 얼짱신화가 완전 떴잖아. 야야, 그건 그렇고 너 채린이라는 애는 어떻게 할 거야? 너 좋다고 달라붙는데 그러다가 향금이나 보담이가 알면 어떻게 하려고 그래?"

"그게 뭐 어때서? 저 혼자 그러는 건데. 이 몸이 인기 있어
서 그런 건데 어떻게 하라고?"

재석이 웃으면서 말했다.

"아우, 재수 없게 이 자식이."

민성이 손을 들어 때리는 척했다. 눈도 깜짝하지 않고 재석
이 대답했다.

"아이고, 실은 나도 골치 아프다, 야."

"채린이도 예쁘긴 예쁘더라. 완전 내 스타일!"

"좋아하면 네가 들이대, 인마."

"아이고, 그런 무서운 소리 마쇼. 그랬다가는 우리 향금이
한테 죽어. 걔는 좀 그렇고 친구나 소개해 달라고 그럴까?"

"으이그, 이 녀석."

남은 시간에 재석은 김태호 선생이 준 책을 읽기 시작했
다. 첫 작품은 〈눈 속에 흘린 피의 흔적〉이었다. 이야기는 이
제 갓 결혼한 미녀 네나 다콘테와 잘생긴 건달 빌리 산체스
가 컨버터블 벤틀리를 직접 운전해서 파리를 향해 신혼여행
을 가는 것으로 시작되었다. 그들이 처음 만난 건 건달인 빌
리 산체스가 해수욕장 여자 탈의실을 급습하면서였다.

그녀가 고국으로 돌아온 후 처음으로 해수욕을 한 일요일이었다. 그녀가 수영복으로 갈아입으려고 옷을 완전히 벗었을 때 사람들의 비명과 함께 도망치는 소리와 아우성 소리가 옆 탈의실에서 나기 시작했다. 하지만 그녀는 자신이 알몸으로 서 있는 탈의실 문의 자물쇠가 산산조각이 날 때까지 무슨 일이 벌어지고 있는지 알지 못했다. 그때 자기 앞에 이 세상에서 가장 멋진 건달이 서 있는 것을 보았다.

한번 잡으니 손에서 놓을 수가 없어서 재석은 수업이 시작된 다음에도 몰래 교과서 밑에 감추고 소설을 읽었다.

다음 날 뷔페에 가서 준오를 만났을 때 재석은 문득 대학생이라면 자신의 소설을 보고 해 줄 말이 많을 거라는 생각을 했다. 준오에게 물었다.

"형, 제가 소설 하나 메일로 보내도 돼요? 한번 읽어 봐 주세요."

"너 소설 써?"

"네."

"그래, 그런데 내가 아는 게 있어야 도움이 될 텐데."

"그냥 재미있나만 봐 주시면 돼요."

"사실 나도 글 쓰는 재주는 좀 필요해. 돌잔치 사회를 해 보니까 멋있는 멘트를 해야 하는데, 글쓰기 실력이 없으면 남이 했던 멘트를 따라 하고 베끼게 되거든."

"정말 그렇겠어요."

"아이고, 돌잔치 사회 이까짓 거 보는데도 사회자 얼굴이 잘생겼네 못생겼네, 멘트가 후지네, 매너가 없네, 옷이 안 깔끔하네…… 얼마나 말이 많은 줄 아냐? 돈 벌기가 정말 힘들다."

"형은 돈 잘 벌 거 같아요. 얼굴이 잘생겼잖아요."

"하하, 고맙다. 잘생겼다고 해 줘서. 사실 말이 나왔으니 말인데 내가 이래 봬도 어렸을 때는 아르바이트로 아역 사진모델까지 했었어. 그래서 어릴 때부터 이미 얼굴이 예쁘면 돈을 벌 수 있다는 걸 깨달았지. 그때 꼬맹이로서는 제법 큰돈을 받았거든."

"와, 그럼 형 계속 탤런트나 연예인 쪽으로 나가지 그랬어요?"

"그 뒤에 아버지가 돌아가셨어. 초등학교 때. 정신이 없었지. 그리고 어머니가 여동생이랑 나를 키우다가 고부갈등으로 집을 나가 버렸어. 그래서 할머니가 키웠거든, 우리 남매."

"그랬군요."

늘 밝아 보이는 준오에게도 그런 아픔이 있다고 생각하니 마음이 저렸다. 이메일 주소를 받아 적은 뒤 재석은 물었다.

"형, 그런데요. 대학은 어떻게 다니세요?"

"고등학교 때 선생님이 그러시더라고. 이대로 가다가는 대학 못 갈 거라고. 그래도 지금이라도 정신 차리고 공부만 잘하면 4년 장학금 받을 수 있는 대학에도 갈 수 있다고. 그때 내가 들었던 말이 사당오락이야. 네 시간 자면 대학에 붙고 다섯 시간 자면 떨어진다고. 그 말이 마음에 딱 박히더라. 그 말 그대로 정말 네 시간만 자려고 얼마나 애썼는지 아냐? 눈 뜨고 있는 동안은 책만 봤어. 그래서 마지막 3학년 때 급하게 성적을 올린 거야."

준오는 고3 동안에 공부에만 전념하느라 친구들과 별다른 추억을 만들지 못했다. 그 덕분에 스카이 대학에 갈 수 있는 성적이 됐지만 장학금을 받기 위해 그보다 점수가 낮은 애국 대학에 진학했다.

"형, 그러면 4년 장학생이에요?"

"응. 그런데 장학금만 주지 생활비나 용돈은 또 벌어야 하니까. 그래서 이렇게 열심히 알바 하는 거야."

"와, 형 정말 대단해요."

"대단하긴. 동생도 내가 돌봐야 되고 할머니는 나이 드셨으니, 어깨가 무겁지. 그래도 어떻게 하냐? 열심히 하는 수밖에."

"형은 도대체 일을 몇 개나 하시는 거예요?"

재석은 정말 궁금했다.

"지금까지 열 개 이상 해 봤지. 건축현장에도 있어 봤고. 제일 큰 건 다단계였어."

"다단계가 뭐예요?"

다단계에 대해서 준오는 설명해 주었다. 쉽게 큰돈을 벌 수 있다고 유혹해서 매달 할당량을 주고, 물건을 못 팔면 실적을 채우기 위해 본인이 그 물건을 떠안아야 했다. 혹은 새로운 판매자를 소개하면 그가 올린 수익금의 일부를 얻을 수 있었다. 그런 식으로 물건을 떠안고 사람들도 꼬여서 결국에는 어마어마한 빚더미만 안고 사람까지 잃게 만드는 일이었다. 제대하자마자 큰돈을 벌겠다고 다단계에 들어갔던 준오는 결국 빚만 잔뜩 지고 나올 수밖에 없었다. 재석은 깜짝 놀랐다.

"그런 일이 다 있어요, 형?"

"그래. 세상에 별일이 다 있지? 그래도 괜찮아. 이렇게 돈 벌어서 빚을 갚고 있으니까. 오히려 그런 경험담을 인터넷에 올렸더니 여기저기서 강연 요청도 오고 그래."

"형, 정말 존경스러워요."

"존경은 무슨. 몇 달만 더하면 빚 다 갚고, 다음 학기부터는 다시 대학에 다닐 수 있어. 졸업하면 꼭 좋은 회사 들어가서 할머니 호강시켜 드리고 동생도 대학 보내야지. 아무튼 보내 주면 네 소설 잘 읽어 볼게. 내가 잘 모르기는 하지만 혹시 고칠 곳이 있으면 말해 줄게."

알바를 마치고 집에 돌아와 재석은 문자로 받은 준오의 이메일 주소로 초고를 보낸 다음 작품을 다시 손보느라 끙끙댔다. 낡은 컴퓨터 모니터를 들여다보며 머리를 싸매고 있는데 보담에게서 문자가 왔다.

채린이라는 후배 알아?
걔가 오늘 나 찾아왔더라.
너하고 무슨 관계냐고 당돌하게 묻던데?

가슴이 덜컥 내려앉았다. 이건 큰일이었다. 본능적으로 문제가 심각하다는 것을 알 수 있었다. 놀란 가슴을 진정시키고 잠시 후 재석은 답장을 보냈다.

그래? 뭐라고 말했어?

아무 관계도 아니라고 그랬지.
친구라고.

그랬더니?

너랑 사귀겠다고 그러더라?
내 참 어이가 없어서.

재석은 그 문자를 보자 가슴이 뛰기 시작하면서 화가 치밀었다.

"에이, 이 계집애가. 정말."

하지만 재석의 의지와 상관없이 이미 사건은 벌어지고 있었다. 최대한 별것 아닌 일로 수습해야 했다.

걔가 일방적으로 나 좋다고
따라다니는 거야.
여러 번 싫다고 했음.
신경 쓰지 마.
그래서 뭐라 그랬어?

채린이가 널 좋아하든 말든
난 관심이 없다고 했음.
근데 기분 참 별로였음.

미안.
너한테까지 그런 일이 생기게 해서.
하지만 정말 나는 걔하고 아무 사이도
아니고 걔 관심도 없어.

하지만 보담은 더 이상 문자에 답을 하지 않았다. 찜찜했다. 그날 밤 재석은 잠이 안 와서 엎치락뒤치락해야만 했다. 채린이 보담에게 찾아가서 어떻게 말했을지 상상하니 더 미칠 지경이었다. 재석은 그 뒤로도 한동안 잠을 이루지 못했다.

얼짱신화

웹툰작가 박태원의 작업실은 강남역 부근이라고 했다. 재석과 민성, 그리고 향금과 보담은 어색한 분위기로 강남역 8번 출구를 통해 지상으로 올라왔다. 평일 저녁인데도 강남역 부근에는 정말 많은 사람들이 물결처럼 흘러가고 있었다.

"우와, 사람 진짜 많다."

"그러게 말이야."

여자애들의 눈치를 보며 재석과 민성은 중얼거렸다. 2미터 정도 떨어져서 걸어오는 보담과 향금은 앞서가는 두 아이를 연신 힐끗힐끗 쏘아보았다.

"정말 박태원 작가 만나는 것만 아니었으면 저것들을 그냥 확."

생각만 해도 분하다는 듯 향금이 보담에게 말했다. 재석의 뒷모습을 가만히 보며 보담은 아무 말도 하지 않았다.

당돌한 채린이가 며칠 전 교실로 찾아와 재석과의 관계를 물었을 때 보담은 적이 당황했다. 자신으로서도 아직 분명하지 않은 둘의 관계를 꼭 집어서 설명하기란 결코 쉬운 일이 아니었다.

"언니, 저는 1학년 3반 한채린이라고 해요."

"그런데 무슨 일이야?"

"언니, 재석 오빠랑 사귀죠? 오빠가 언니 남친이에요?"

"왜 그런 걸 물어보니?"

보담은 곤혹스러웠다. 갑자기 후배가 교실로 찾아와서 반 친구들이 듣는 데서 이런 질문을 했기 때문이다. 약간 건방지다는 생각도 들고, 이런 질문에 대답할 이유가 없다는 느낌도 들었다.

"제가 재석 오빠를 좀 좋아해요. 그래서 사귀려고 하는데 오빠는 언니 때문에 안 된다고 하는 것 같아서요."

"그게 무슨 말이니?

"언니가 확실히 말을 해 주세요. 정말 언니가 재석 오빠랑 끝까지 가실 거라면 저는 빠질게요."

보담은 끝까지 간다는 게 무슨 의미인지 쉽게 알 수가 없었다.

"재석이랑 나는 그냥 친구일 뿐이야."

"정말이죠? 그럼 제가 오빠랑 사귀어도 괜찮은 거죠?"

보담은 어이가 없었다. 한 살 어린 채린에게서 세대 차이를 느낄 지경이었다.

"요즘 애들은 원래 이렇게 당돌하니?"

"제가 사귀어도 되는 거죠? 확실하게 말해 주세요."

"네가 재석이를 좋아하든 말든 내 일이 아니니까 둘이 알아서 해. 참 별일 많다."

"고마워요, 언니."

채린은 고개를 까딱하며 인사하고 발랄하게 보담의 교실을 빠져나갔다. 이를 지켜보던 아이들이 보담에게 몰려와 한마디씩 했다.

"아니, 뭐 저렇게 까진 계집애가 다 있어?"

"헐! 정말 어이 상실이다."

"너 왜 저런 걸 가만둬? 머리끄덩이를 그냥 확!"

보담은 이 모든 일이 너무나 부끄러웠다. 이런 일로 더 이상 관심의 대상이 되고 싶지 않았다.

"애들아. 이제 됐어. 신경 쓰지 말아 줘."

1학년에 당돌한 얼짱 여자아이가 있다는 이야기는 들었지만 이렇게 엮일 줄은 몰랐다. 나중에 이 사실을 안 향금이 쪼르르 달려와서 채린에 대해 모든 것을 말해 주었다.

"민성이한테 얘기 들었는데 고 계집애가 글쎄, 툭하면 그동안 찾아가서 만나자고 그랬대."

"누구를?"

"재석이를."

보담은 약간 충격을 받았다. 재석은 그동안 오매불망 자신만을 바라보는 줄로만 알았기 때문이다. 그렇다고 그런 언짢은 기분을 향금에게 내색하는 건 자존심이 허락하지 않았다.

"만나든 말든 나는 상관없어."

보담이 새침하게 대답했다.

"정말?"

향금은 보담의 눈치를 살피며 재미있다는 듯이 웃었다. 원래 남의 사랑싸움과 강 건너 불구경은 언제나 재미있는 법이다.

친한 친구인 향금이까지 이번 일이 재미있다는 듯 구는 게 보담은 너무 싫었다.

"앞으로 재석이 얘기 꺼내지도 마. 나 공부할 것도 많고, 걔
는 좋아하는 사람 많아서 좋겠네, 뭐."

보담이 삐치는 것을 보며 향금은 더욱더 이들의 관계가 재
미있게 돌아간다는 생각을 했다.

보담의 이런 복잡한 마음도 모른 채 재석은 웹툰 작가인 박
태원에게 문자를 보냈었다.

> 선배님 저는 고등학교 10년 후배인 황재석이라고 합니다.
> 한번 찾아뵙고 고민도 상담 드리고
> 웹툰 만드시는 것도 보고 싶어요.

의외로 답장이 빨리 왔다.

> 그래. 선생님께 연락 받았다.
> 내 작업실로 한번 놀러 와.
> 나도 안 그래도 고등학생들 이야기
> 많이 듣고 싶어.
> 나는 오후에 출근하니까 저녁 때
> 너희들 학교 끝나고 찾아와도 돼.

그렇게 찾아가는 날짜를 정한 뒤 재석은 먼저 민성에게 이

사실을 말했다.

"너 박태원 선배 같이 만나러 갈래?"

"누구? 웹툰 작가 박태원? 우와, 대박! 작업실이 어디래?"

"강남이야."

"가자! 완전 가고 싶어. 그 선배 얼짱이고 주변에 예쁜 여자 친구도 엄청 많대."

"야, 쓸데없는 소리 하지 마. 여자라면 지긋지긋하다."

"난 들은 대로 말하는 거야. 여자들한테 인기가 그렇게 많대. 그 선배가 여자보다 더 예쁘게 생겼잖아. 게다가 웹툰이 대박 나서 돈도 엄청 번다던데?"

"이번 주 금요일 날 저녁에 가기로 했어. 어떻게 웹툰을 그리는지 보고 지금 쓰고 있는 내 작품 얘기도 좀 해 보려고."

"야, 향금이도 같이 가자."

재석이 잠시 생각하는 척하다가 고개를 끄덕였다.

"뭐, 그러던가."

사실 민성은 재석이 쳐 놓은 그물에 걸린 거였다. 이렇게 말을 해 두면 사람 끌어 모으고 바람 잡는 걸 좋아하는 민성이 향금과 보담을 데리고 가자고 할 게 뻔했기 때문이다. 두어 시간 뒤 민성이 문자를 보여 주었다.

"향금이는 오케이래. 자기가 그 선배 되게 좋아한대. 우리가 이렇게 연락했다니까 다시 보는데? 좀 놀랐나 봐."

"응, 그래? 같이 가지, 뭐."

이번에는 민성이 재석의 눈치를 살폈다.

"야, 너 보담이 궁금하지?"

"보담이는 공부하겠지."

"안 그래도 별로 관심 없다고 했다는데 네가 문자 한번 해
봐. 향금이 말에 의하면 네가 가자고 하면 같이 갈 것 같대.
관심이 아주 없진 않나 봐."

박태원과의 약속이 정해진 그날 저녁 내내 재석은 망설였
다. 어색한 관계가 된 보담에게 직접 문자를 보내기가 쉽지
않았다. 보담 대신 향금에게 문자를 보냈다.

> 보담이도 같이
> 박태원 선배 만나러 가자고
> 할까 하는데 어때?

잠시 후 향금의 문자가 왔다.

> 직접 문자 하는 것이 좋을 거임.

> 싫어하지 않을까?

몰라^^

이모티콘이 모든 걸 말해 주었다. 향금은 보담이의 마음 상
태를 누구보다 잘 안다. 재석에게 민성과 같은 존재다. 향금
의 태도는 보담도 마음이 있지만 먼저 나설 수는 없다는 것
을 가리켰다. 결국 재석은 용기를 내서 보담에게 문자를 넣
었다.

웹툰 작가 박태원 알지?
우리 학교 선밴데 나 글 쓰는 것 때문에
도움 받으려고 이번 주에 한번 찾아간다고 했음.
친구들 많이 데리고 오래.
웹툰 그리는 데 아이들 이야기가 필요한 듯.

없는 이야기까지 덧붙여서 재석이 부드러운 어조로 문자를
보냈다.

그날 좀 바쁨.

한참 애를 태운 뒤 보담에게서 간단한 답장이 왔다.

바쁜 건 아는데, 박태원 선배 또 만나기 힘듦.
작업하는 거 볼 수 있음.

생각해 보겠음.

"앗싸!"

재석은 허공에 주먹을 휘둘렀다. 그건 가겠다는 뜻이었다.
보담은 신중한 성격이라서 뭐든 오래 생각하고 답한다. 그런
우여곡절을 거쳐 네 사람은 아직 어색하긴 하지만 함께 박태
원의 작업실을 찾아가게 되었다.

박태원의 작업실은 서초동 쪽으로 쭉 걸어가 고속도로 밑
을 지난 뒤 나타나는 오피스텔 건물에 있었다. 오피스텔 12
층 문설주에 달린 커다란 현판이 일행을 먼저 맞아 주었다.

박태원 스튜디오

"와, 스튜디오래! 멋있다."

네 아이는 선물로 사 간 롤케이크와 주스를 손에 들고 벨을
눌렀다. 민성은 벌써부터 닥치는 대로 사진을 찍기 시작했다.

잠시 후 문이 열리며 박태원이 얼굴을 내밀었다. 순간 네 아이 모두 숨이 멎는 것 같았다.

"……."

절대 미모를 가진 사람이 내뿜는 아우라가 어떤 것인지 알 것 같았다. 넷은 동시에 얼어붙었다. 사진이 아닌 실물 박태원은 정말 살아 있는 그림 같았다. 뽀얗고 하얀 피부에 사슴처럼 깊은 눈망울, 오뚝한 콧대에 이마를 가리고 있는 풍성한 머리숱은 '순정만화에서 튀어나온 사람이 바로 이 사람이구나' 하는 생각이 들게 만들 정도였다. 게다가 재석과 비슷한 훤칠한 키에 근육이 붙지 않은 넓적다리와 극세사 종아리는 여자들의 로망이다시피 했다.

"어, 너희들 어서 와라."

그는 반갑게 아이들을 이끌었다. 10년 선배라지만 얼핏 봐서는 동급생이라고 해도 믿을 정도로 동안이었다.

"어떡해! 어떡해!"

향금과 보담은 좋아서 팔짝팔짝 뛰며 어쩔 줄 몰라 했다.

"자, 이리 앉아."

안에 들어가 보니 오피스텔은 제법 넓었다. 방도 두 개나 딸려 있었다. 얼핏 들여다보니 방 안에서는 문하생으로 보이는 제자들이 열심히 컴퓨터 화면을 보며 컬러링을 하거나 선

을 다듬고 있었다. 들고 간 주스와 롤케이크를 내려놓고 재석
과 민성은 차렷 자세로 인사했다.

"선배님, 안녕하십니까? 저는 황재석, 이쪽은 김민성이라고
합니다."

"그래. 반갑다. 선생님께서 전화로 특별히 부탁까지 하시
더라."

"가, 감사합니다."

군대라도 온 것처럼 두 아이는 바짝 얼었다. 고등학교 선배
가 얼마나 무서운지 잘 알고 있었기 때문이다.

"이쪽에 예쁜 여학생들은 누군가? 여자친구?"

"예. 제 여자친구입니다."

여자친구라고 대답한 건 민성이뿐이었다.

"그러면 너는 쟤 여자친구가 아니야?"

박태원이 보담에게 물었다.

"……."

보담은 얼굴만 붉히고 말을 하지 않았다. 재석은 진땀을 흘
렸다. 보담도 마찬가지였다. 분위기가 묘하다고 느꼈는지 오
히려 박태원이 먼저 이것저것 물어보기 시작했다.

"요즘 고등학생들은 다 이렇게 예쁘니?"

"보담이가 우리 학교 얼짱이에요."

"음. 얼짱 될 만하다. 굉장히 예쁜데?"

눈을 찡긋했다. 그런데 전혀 느끼하지 않고 담백했다.

"내가 작업하는 거 궁금하지? 보여 줄까?"

"네."

박태원은 작업대로 가서 아이들에게 웹툰이 만들어지는 과정을 간략하게 설명해 주었다. 재석은 질문할 거리를 몇 개 준비해 왔다. 지금이 물어볼 타이밍인 것 같았다.

"선배님, 저 궁금한 게 있는데요. 선배님은 졸업한 지 10년이나 됐는데 어떻게 이렇게 고등학생들의 마음을 잘 아세요?"

"하하. 내 고등학교 시절을 돌아보면서 작업하기도 하는데, 시절이 변했잖니. 그래서 인근 학교에 특별활동으로 만화 지도도 좀 하러 다니고, 교회에 다니면서 중학생이나 고등학생들을 가르치기도 했어. 그래서 요즘 아이들의 말투나 마인드를 잘 알고 있지."

"정말 고등학생이 그린 것처럼 실감 나요."

향금이 호들갑을 떨었다.

"그래? 부탁 하나만 하자. 너희들 얼굴 사진 좀 찍어도 될까?"

"네? 왜요?"

"웹툰 등장인물로 쓸 다양한 얼굴이 필요하거든."

거절할 이유가 없었다. 카메라를 꺼내 박태원은 아이들의 얼굴을 여러 각도에서 찍었다. 특히 보담이 사진은 수십 장을 찍으면서 연신 고개를 끄덕였다.

"넌 참 예쁘다. 어느 각도로 찍어도 사진이 잘 나오는구나."

보담의 얼굴이 발그레하게 물들었다. 그 얘기를 듣는 순간 재석의 가슴속에서 약간의 질투심이 끓어올랐다. 그 사실을 아는지 모르는지 보담은 박태원이 하자는 대로 표정과 포즈를 지어 주었다. 향금은 발랄한 표정을 많이 지었다.

"음, 향금이 너는 발랄한 매력이 있구나."

사진을 한참 찍은 뒤 박태원은 자리에 앉았다.

"음, 너희들은 꿈이 뭐니?"

차례로 꿈에 대해 말하고 드디어 재석이 차례가 되었을 때, 재석은 드디어 찾아온 목적을 말할 때가 되었다고 생각했다.

"사실은요. 요즘 소설을 쓰는데 잘 안 써져요. 등장인물 캐릭터 잡는 것도 고민이에요. 흥미진진하게 하려고 주인공도 미남 미녀로 설정했는데 이상하게 매력적이지가 않아요."

"그래? 주인공이 미인 아니라도 재미있는 작품은 많지 않나?"

"《바람과 함께 사라지다》의 스칼렛 오하라는 그다지 예쁜 여자가 아니라고 나오는데요. 마르케스의 〈눈 속에 흘린 피의 흔적〉을 보면 여주인공 네나 다콘테의 장례 광경을 지켜

본 사람들은 죽었건 살았건 간에 그처럼 아름다운 여인은 본 적이 없다고 되풀이해 말했다고 나와요. 세머셋 모음의 〈어머니〉에서도 마찬가지예요. 그래서 주인공은 다 예뻐야 하나, 그렇지 않은가 헷갈려요."

"하하하하. 내가 얼짱신화를 그리니까 그런 질문을 하는구나. 나도 거기에 대해서는 고민이 많아. 만화 주인공도 일단 잘생겨야 사람들이 좋아하지 않겠어?"

"네, 그렇죠."

"그 이유는 뭘까? 바로 우리가 어려서부터 미모에 대한 콤플렉스를 주입받으면서 살았기 때문이야. 웹툰을 그리면서 생각해 봤어. 여자애들은 무슨 인형을 좋아하지?"

"바비인형이나 마론인형이요."

보담이 조심스럽게 입을 열어 말했다. 이렇게 누군가와 진지한 대화를 할 때면 보담은 적극적으로 변했다. 그건 아마타고난 지적 호기심 때문인 듯했다.

"맞아. 그럼 남자들은 무슨 인형을 좋아하지? 지아이조 같은 거 아니야?"

"네, 맞아요. 피규어 가지고 많이 놀았어요. 근육이 울퉁불퉁하죠."

민성이 잘 안다는 듯 대답하자 박태원이 고개를 끄덕이며 그런 인형의 과장된 남성미와 여성미에 대해 이야기했다. 지아이조를 실제 사람으로 만들면 가슴둘레가 55인치, 팔뚝은 27인치, 허리둘레는 29인치인 남자가 된다고 한다. 현실적으로 불가능한 몸매다. 또한 바비인형도 사람으로 만들면 가슴둘레가 36인치, 엉덩이둘레가 33인치인데 놀랍게도 허리둘레는 15인치라고 한다.

"우와, 정말요?"

"그래. 어려서부터 우리들은 자기도 모르게 바비인형이나 지아이조를 보면서 세뇌되는 거야. 가장 예쁜 여자, 가장 멋진 남자는 이런 몸이어야 한다고 말이지. 여자들만 외모 강박이 있는 게 아니야. 남자들도 있어. 공부 잘하는 애들도 여자아이 같은 경우는 가방에 비비크림이나 아이라이너쯤은 다들 가지고 다니지. 보담이 너도 그렇지?"

보담이 얼굴을 붉혔다. 보담이 그런 걸 가지고 다닌다는 사실을 전혀 몰랐던 재석은 깜짝 놀라지 않을 수 없었다.

"근데요, 선배님. 제가 영화를 찍어도요. 화면이 예뻐야 찍을 맛이 나거든요."

민성이가 옆에서 끼어들며 말했다.

"하하하! 아주 틀린 말은 아니야. 내가 볼 때 아름다움은 소비와 아주 큰 연관이 있어."

박태원은 광고를 예로 들며 한참 더 이야기를 풀어냈다. 광고에 나오는 수많은 미남 미녀는 고객들의 열등감을 불러일으키도록 조작된 존재라고 했다. 그리고 그 열등감을 그들이 광고하는 물건이 해결해 줄 거라고 믿게 만든다. 그 메시지를 전달받은 대중은 엄청난 돈이 들더라도 젊어지겠다거나 예뻐지겠다거나 피부 잡티를 제거하겠다고 나선다. 한마디로 광고는 '이게 아름다움이니까 이걸 따르라'고 획일적인 아름다움을 강요하고, 사람들이 그걸 따르다 보니 아름다움에 대해 천편일률적인 기준을 갖게 되었다는 것이다. 한마디로 이젠 미모도 상업주의에 물들었다는 뜻이다.

"하지만 탤런트나 아이돌 가수는 실제로 예뻐서 뜬 거 아닌가요? 평범한 사람들은 평생 가도 못 만질 돈을 단시간에 벌고. 그럼 성공한 거 아니에요?"

향금이 볼멘소리로 말했다.

"하하하. 광고 속에 나오는 이미지에 속으면 안 돼. 내가 웹툰 그리면서 사람들을 많이 만나잖니. 사장님들도 만나고 운동선수들도 만나고 성공한 경영자도 만나는데, 그런 사람 중에는 모델 같은 사람 하나도 없어. 내가 아는 사람들은 다 배나왔고 땅딸해. 운동선수들도 근육이 기형적으로 발달해서 볼품없어. 축구선수는 축구를 잘할 뿐이고 야구선수는 야구를 잘할 뿐이야. 외모까지 뛰어나기는 거의 불가능하지. 우리가 보는 연예인은 성공한 척하는 모델이야, 모델. 모델이 그 사람 자체라고 착각하면서부터 외모지상주의에 빠지게 되는 거지. 얼짱이면 뭐든 잘할 것 같고 나의 환상을 채워 줄 것 같지? 지금까지 했던 말을 더 많은 사람들에게 전하려고 얼짱신화라는 웹툰을 그리는 거야."

보담과 향금은 고개를 끄덕였다. 잠깐 연예계의 단면을 보았을 뿐이지만, 박태원의 말이 사실이라는 것을 알기 때문이다. 예쁜 가수나 모델의 사진은 사실 최고급 화장을 하고 최고급 의상을 입은 다음, 최고의 사진작가가 수천 장을 찍어서 가장 좋은 것을 골라 포토샵으로 만지고 늘이고 줄여 연출한 것임을 이미 알고 있었다.

"나도 대학 다닐 때 성형까지 했었단다."

"어? 정말이요?"

네 아이는 동시에 깜짝 놀라 박태원의 얼굴을 자세히 뜯어보기 시작했다.

"그래, 코랑 눈이랑 다 만진 거야."

"아……."

갑자기 모두 할 말을 잃었다.

어색한 분위기를 못 이긴 민성이 성급하게 나섰다.

"저도 매일 세수할 때 얼굴 만져요, 히히!"

"……."

분위기가 더 썰렁해지자 옆에 있던 향금이 말했다.

"성형 전 사진 인터넷에서 봤어요. 근데 그때도 잘생기셨던데……."

"하하하. 성형을 누가 하는 줄 아니? 아주 못생긴 사람이 할 것 같지? 그렇지 않아. 예쁘고 잘생긴 사람이 더 예쁘고 더 잘생겨지려고 하는 게 성형이란다. 내가 잘생겼다는 건 아니지만 말이야, 인간은 누구나 외모 콤플렉스가 있어. 내가 지금 그리고 있는 웹툰이 그런 내용을 담고 있지. 자, 이걸 봐."

박태원이 자신의 책장을 보여 주는데 그곳엔 외모에 관한 심리학 책, 정치학과 관련된 책이 잔뜩 있었다.

"외모에 대해서 나름대로 규정해 보려고 어마어마하게 공부를 많이 했어. 세상에는 정말 아이러니컬한 일들이 많이 벌어진단다. 사람들은 누구나 관심 받고 싶어 해. 인간이라면 당연한 거지. 마치 스타처럼 스포트라이트를 받고 싶다고 생각하면서 남의 시선을 의식하는 거야. 근데 내가 내린 결론이 뭔지 아니? 남들은 나한테 아무런 관심도 없다는 거야."

"정말요?"

"그럼. 관심 없는데 관심 있는 줄 알고 혼자 열심히 싸우는 거지. 이런 걸 깨달은 사람들이 여성해방주의자들이란다."

그러면서 그는 1970년 미스월드 선발대회를 습격한 여성 해방 운동가들의 이야기를 했다.

"팔등신의 바비인형 같은 예쁜 여자들이 잔뜩 늘어선 곳에 키도 작고 외모도 꾸미지 않은 여성 투사들이 들이닥쳤어. 대회장을 난장판으로 만들면서 뭐라고 그런 줄 알아? 잡혀 가면서? 우리는 예쁘지도 않고 못생기지도 않았다. 우리는 그저 화가 나 있을 뿐이다. 뭐에 화가 났다는 말일까?"

"못생겨서 화가 난 거 아닐까요?"

향금이 말했다.

"아니야, 바보야. 그런 거 아니야. 여성 운동가들인데."

민성이 향금의 의견에 반박했다. 그때 보담이 모처럼 입을 열었다.

"미모까지도 남성들에게 이용당하는 현실에 화가 난 것 아닐까요?"

"비슷해."

그때 재석이 말했다.

"외모가 너무 중요시되는 것 같아요. 외모만 훌륭하면 그게 권력이 되고 돈 벌고 인기 많아지고 주목받으니까 모두 외모의 노예가 되거나 외모를 성공의 사다리로 여기는 것 같아요. 《바람과 함께 사라지다》에서도 여자들이 어떻게 하면 남자에게 매력적으로 보일까, 허리가 가늘어질까만 궁리해요."

"맞아. 권력은 남자들이 가지고 있고, 여자들은 그 권력에 부응하는 게 우리 사회의 모습이지. 그래서 외모 콤플렉스가 생기는 거고. 베네수엘라에서는 여자들의 90퍼센트가 빈민층인데, 좋은 일자리를 가질 수 없으니까 결국 무슨 일을 하느냐면 미인 사관학교에 가. '낀따 미스 베네수엘라'라는 미인 사관학교가 있거든. 그렇게 열심히 가꾸고 준비해서 세계 미인대회에 나가니 계속해서 상을 타는 거지. 옛날 2차대전 때 미국의 가정주부들은 남자들이 전쟁터로 간 다음에 산업현장, 공장으로 나갔어. 그때 여자들은 팔을 걷어붙이고 전투기도 만들고 기계도 만들면서, 모든 산업분야에서 활동했어. 그런데 전쟁이 끝나니까 어떻게 된 줄 아니? 남녀평등이 일어났을까? 천만에. 이 여자들은 바로 전업주부로 돌아왔어. 다시 허리를 날씬하게 졸라매고 외모를 가꾸기 시작했지."

"와!"

"결론적으로 말하면 잘생긴 외모를 갖고 태어난 건 축복이기는 하지만, 잘생긴 외모를 추구하고 열망하는 우리의 욕망은 사실 왜곡된 거야. 권력의, 혹은 오랜 기간 차곡차곡 쌓아

둔 콤플렉스의 산물이랄까. 그걸 깨달아야 해."

"좀 어렵기는 하네요."

아이들은 고개를 끄덕였다.

"정말 인간답게 산다는 건 뭘까? 아름답다고 칭송을 받는 걸까? 아마 그렇지 않을 거야. 그 아름다움이 얼마나 가겠니? 오래가지 않지."

"그럼 우리에게 중요한 건 뭐죠?"

재석의 질문에 박태원이 흐뭇한 얼굴로 대답했다.

"좋은 질문이야. 외모나 금전, 성공 같은 비본질적이고 오래가기 힘든 걸 좇는 게 아니라 지속적으로 행복하게 살 방법을 찾아야 해. 내 생각에는 좋은 사람들과 교류하고, 취미 생활을 하고, 자기가 이 땅에 온 소명을 발견해서 최선을 다해 사는 거야. 그게 외모 꾸미는 것보다 훨씬 더 중요하지. 앞으로 백 번 정도 더 웹툰을 연재할 건데 거기 나오는 주인공들이 그걸 깨닫게 그릴 생각이야."

향금이 자기도 모르게 박수를 쳤다.

"정말 감동적이에요, 선배님. 같은 학교는 아니지만, 재석이 선배님이시니까 선배님이라고 불러도 되죠? 제가 지금까지 고민했던 게 바로 그런 거예요."

"호, 그래? 무슨 고민?"

"사람들은 제가 보담이랑 같이 다니면 비교를 많이 해요. 처음엔 저도 나름의 귀여운 매력이 있다고 생각하면서 별로 신경 쓰지 않았는데 보담이가 저보다 예쁘다는 말을 너무 자주 들으니까 나중에는 살짝 질투하는 마음도 생겼어요. 왜 그럴까 싶었는데 바로 외모가 곧 행복이나 힘이라는 무의식이 작용한 것 같아요. 게다가 보담이는 공부도 엄청 잘하거든요. 사실 보담이는 예뻐지려고 노력하는 것도 아니고 자신에게 충실하려고 공부하는 것일 뿐인데 그것조차 시기하고 미워하는 아이들이 있거든요."

"그래, 예쁘게 태어난다는 건 축복이야. 하지만 거기에 만족하지 않고 내적인 충실을 기하는 건 정말 훌륭한 태도란다. 내적으로 충실한 사람은 매력을 지니게 되고 그게 개성으로 발전하거든. 그런 내적 충실함을 가진 사람은 주위의 이런저런 말이나 남의 가치관에 흔들리지 않고 행복하게 살 수 있지."

그사이에도 민성은 박태원을 계속 사진으로 찍어 SNS에 올리고 있었다.

"와! 그새 '좋아요'를 스무 개나 받았어요."

"하하, 너 SNS 하는구나. 좋아, 너희들 전부 다 나한테 친구 신청해라."

네 아이는 박태원에게 친구 신청을 한 다음 기념촬영을 했다. 민성은 아는 친구들마다 태그를 해서 자랑하기 바빴다.

"오늘 초대해 주셔서 감사합니다."

"그래, 너희들 내 웹툰 꾸준히 보고 혹시 이상한 점이나 지적할 사항이 있으면 언제든 연락 줘라. 사람이 하는 일이라서 완벽하지 않거든."

"네, 알겠어요. 고맙습니다."

박태원의 작업실에서 나오면서 네 아이는 뭔가 많이 배운 느낌이 들었다.

네 아이는 강남역의 빵집으로 들어갔다. 모두들 감격 어린 표정이었다.

"와, 정말 대단하다. 박태원 작가를 내가 만나다니."

아이들은 찍은 사진을 들여다보며 연신 감탄했다. 향금은 호들갑을 떨었다.

"아, 기분 나빠. 나보다 앞에 있는데 얼굴 작게 나온 거 봐, 박태원 작가. 어떻게 여자보다 이렇게 더 예쁜 거야."

"호호호!"

보담이 웃었다. 기분이 많이 풀린 눈치였다. 재석은 얼른 일어나 마카롱과 빵과 주스를 사 왔다. 보담이가 좋아하는 마카롱은 색깔별로 사 왔다.

"자, 내가 한 턱 쏠게."

"오케이, 좋아, 좋아!"

민성이 게걸스럽게 먹기 시작했다. 재석은 모처럼 화기애애해진 분위기를 이어 가고 싶었다.

"이제 소설을 어떻게 써야 할지 조금 감이 잡히는 것 같아."

"어떻게?"

"응, 주인공은 다시 연구할 거야. 외모가 아니라 마음이 풍요로운 애들로 그릴 생각이야."

"야! 네 마음이 풍요롭지 않은데 어떻게 마음이 풍요로운 애들을 그리냐?"

민성이의 빈정거림에 재석이 인상을 쓰자 향금이 배꼽을 잡고 웃으며 말했다.

"왜 그래. 왜 넌 사람 기를 죽이냐?"

그때 보담이 입을 열었다.

"재석이니까 잘 쓸 수 있을 거야. 자신이 풍요롭지 못하니까 풍요로움에 대해 더 생각할 거고. 그 과정에서 다른 사람보다 더 깊게 깨달을 수 있다고 생각해. 작가는 그런 결핍이 있어야 글을 잘 쓰는 것 같아. 카프카도 아버지가 너무 무섭다 보니 권위주의에 짓밟힌 주인공의 모습을 잘 그렸잖아."

그때였다. 재석의 휴대전화로 전화가 왔다. 재석은 전화를 받지 않고 재빨리 꺼 버렸다. 하지만 여자들의 눈치는 무서운 것이었다. 보담이 의심스러운 눈초리로 바라보았다.

잠시 후 이번엔 민성의 휴대전화가 울렸다. 민성은 당황하더니 전화를 받았다.

"여보세요?"

채린이었다.

"민성 오빠. 지금 어디야? 학원 끝나고 나 강남역인데 오빠들 이 부근에 있지?"

"너 어떻게 알고?"

"오빠가 SNS에 올린 거 보고 장소 알았어. 보담이 언니는 재석이 오빠랑 안 만난다더니 왜 지금 넷이서 놀고 있는 거지?"

채린은 흥분해 있었다.

"야, 여기 지금 네가 올 데가 아니야."

"어디냐고! 당장 안 말해? 내가 지금 찾아갈 거니까. 이 부근에 있다는 거 다 알아."

민성이 당황해서 얼버무렸다.

"야야야야! 나중에 이야기하자. 오늘은 곤란해."

민성이 황급히 전화를 끊으려 할 때였다. 빵집 입구에 채린이 나타났다. 손에는 휴대전화를 들고 있었다.

"여기쯤일 줄 알았어."

재석은 당황했다. 어떻게 알고 찾아왔는지 도무지 알 수가 없었다.

"야, 너 어떻게 된 거야?"

민성에게 물었다.

"아, 장소를 태그했더니 쟤가 그거 보고 찾아온 것 같아."

"전화번호는 어떻게 알았어?"

"전에 SNS로 메시지 주고받을 때 알려 줬어."

"너, 정말."

재석이 작은 소리로 속삭이며 인상을 쓸 때 향금은 채린을 보더니 갑자기 무서운 선배의 얼굴로 바뀌었다.

"너 웬일이니?"

하지만 채린은 향금의 물음에는 대꾸도 하지 않고 곧바로 보담에게 물었다.

"보담 언니. 재석 오빠하고 아무 사이도 아니라면서요."

"……."

보담은 아예 대답을 하지 않았다.

"근데 이렇게 재석 오빠를 만나서 같이 만화가도 만나고 그러면 안 되는 것 아니에요? 제가 재석 오빠랑 사귈 거라고 말했잖아요."

"이 계집애가 건방지게 어디서!"

보다 못한 향금이가 자리에서 벌떡 일어났다.

"언니는 빠지세요. 제3자잖아요."

재석은 모든 게 엉망이 되는 느낌이었다. 기껏 보담과의 관계를 회복하려는 참에 이렇게 채린이 나타나서 무지막지하게 분위기를 망칠 줄은 몰랐다. 그야말로 핵폭탄급 재앙이다. 이렇게 되면 재석이 취할 수 있는 방법은 하나뿐이었다.

"야! 나 너랑 안 사귄다고 얘기했지? 여기까지 쫓아와서 왜 난리야. 성질나게 하지 말고 가."

재석은 평상시보다 더 과장되게 목소리를 높여 말한 다음 자리를 박차고 일어났다. 깜짝 놀란 채린이 떨면서 말했다.

"오빠! 보담 언니가 오빠랑 아무 사이도 아니라고 그랬단 말이에요. 그래서 오빠랑 오늘 같이 영화 보러 가려고 이렇게 표까지 사서⋯⋯."

"시끄러워. 난 너랑 영화 보러 가고 싶지 않아. 너는 우석이랑 놀아. 너 좋다고 목매는 놈 있잖아."

"오빠! 너무해!"

"그리고 나 바빠. 앞으로는 찾아오지도 마."

"오빠! 흑흑!"

채린은 얼굴을 두 손으로 감싸고 그 자리에서 뛰쳐나갔다. 라이벌이라고 생각한 보담이 앞에서 제대로 망신을 당했다는 생각 때문인 것 같았다.

순간 보담도 자리를 박차고 일어났다.

"향금아, 우리도 가자."

"야, 잠깐만."

향금이 자초지종을 듣고 싶어 머뭇거렸다.

"너 안 가면 나 혼자 갈 거야."

냉랭한 표정으로 보담이 먼저 빵집을 나가자 향금이 뒤따라가면서 고개를 돌렸다.

"아이그, 이것들 정말."

인상을 쓰더니 향금은 휴대전화를 허공에 들고 민성을 향해 흔들었다. 이따가 문자 보내라는 표시였다. 주위에 있는 사람들이 모두 다 쳐다보고 있었다. 몇몇 대학생이 수군거렸다.

"요즘은 고딩들도 사랑싸움이야."

"그러게 말이야."

"아, 애인 하나 없는 나보다 백배 낫다."

주위 사람들의 이상한 표정을 온몸으로 느끼며 재석은 의자에 털썩 주저앉아 머리를 무릎에 파묻고 고개를 흔들었다.

"아아, 정말 짜증 나!"

이렇게는 못 헤어져

수업이 끝나고 저녁시간이 되었다. 야자를 하려면 저녁을 먹어야 했다. 대다수의 아이들은 급식실로 우르르 몰려갔지만 재석은 엄마가 싸 준 도시락을 열었다. 엄마는 식당 영업을 마치면 꼭 반찬거리를 만들어 와 아침 일찍 일어나 도시락을 싸 주었다. 대부분의 아이들처럼 재석도 급식을 먹었었는데 아르바이트까지 하는 재석이 안쓰러웠는지 며칠 전부터 엄마가 도시락을 싸 주기 시작한 것이다.

"엄마, 괜찮아요."

"아냐. 엄마가 이거라도 해야 덜 미안해."

재석의 엄마는 그때부터 도시락 통 하나에는 밥만, 또 다른 하나에는 칸을 나눠 두 종류의 반찬을 담아 주었다. 그러다가 요즘은 밥 옆에도 반찬을 하나 더 박아 넣어 일식삼찬을 먹게 되었다. 오늘의 메뉴는 반찬통에 불고기와 어묵볶음, 그리고 밥 옆에 담긴 계란말이였다. 엄마의 정성 어린 도시락을 먹는 동안 민성은 급식실에서 인근 도시락 제조업체가 만든 성의 없는 저녁을 대충 먹고, 그거로는 부족해서 사 온 빵을 씹으며 스마트폰을 들여다보고 있었다.

"야, 이거 어떠냐? 이 카메라?"

민성은 인터넷 쇼핑몰에 들어가 이 카메라 저 카메라를 보여 주었다. 동영상 공모전에 출품할 작품 구성안을 만드느라 연일 정신이 없는 것 같았다.

"그거 방송국에서 쓰는 거야?"

카메라에 대해 잘 모르는 재석이 물었다.

"응. 방송국용인데 중고 사이트야. 쓰던 거라서 조금 싸기는 해. 아, 이것만 있어도 정말 화면 멋지게 만들 수 있는데. 크! 조금만 기다려라, 내가 너를 곧 차지해 주마."

민성은 카메라가 떠 있는 스마트폰 모니터에 키스를 쪽 소리 나게 했다.

재석은 밥을 먹으면서도 왼손으로는 소설책 페이지를 넘기고 있었다. 《바람과 함께 사라지다》는 이제 간신히 상권을 읽고 하권으로 넘어가는 중이었다.

"야! 그거 재미있냐?"

"응. 처음에는 어떻게 다 읽나 싶었는데 읽다 보니까 서서히 빠져들더라."

"나는 첫 페이지부터 글자가 많으면 졸려서 못 읽겠던데."

"자식아, 그건 네가 독서력이 없어서 그래."

"독서력? 그런 것도 있냐?"

"그럼. 책을 자꾸 읽으면 지식이 쌓이고 아는 게 많아지잖아. 아는 게 많아지면 그다음에 조금 더 어려운 책을 읽어도 더 수월해지는 거지."

"아이고, 대단한 학자 나셨어요."

"야, 이건 내가 한 말이 아니라 김태호 선생님이 하신 말씀이야. 그런데 읽다 보니까 그 말이 맞는 것 같아. 이 책도 상권 읽을 때는 한 달도 더 걸렸어. 아오, 진짜 진도 안 나갔거든. 그런데 읽으면 읽을수록 스칼렛 오하라가 대단한 여자라는 걸 알게 되었지. 그리고 레트 버틀러라는 멋진 선장이랑 밀당하는 게 아주 죽여."

"옛날에 영화로 본 것 같아."

"그래. 영화로도 만들어졌어. 대작이고 작품도 좋아. 여자의 심리를 잘 묘사했지. 아오, 그런데 허구한 날 여자들이 무슨 옷을 입었다, 몸매가 어떻다, 머리카락이 어떻다 같은 걸 잔뜩 묘사해 놔서 그런 건 좀 짜증이 나."

"크크, 그럴 땐 영화를 한번 쓱 보는 게 답이야."

"장황하게 묘사만 잔뜩 되어 있는 글을 읽는 건 정말 괴로워. 스토리가 팍팍 전개돼야 하는데."

재석이 어깨를 으쓱했다. 아무래도 작가의 관심사와 재석의 관심사가 다르다 보니 그런 것 같았다.

"하긴 준오 형이 그러는데 대학에서 소설이나 시 관련된 강좌를 열면 열 명, 스무 명밖에 신청을 안 한대."

"그래?"

"응. 그런데 영상 수업을 개설하면 수백 명이 신청해서 인원을 선착순으로 잘라야 한다더라."

"와, 정말? 나는 책도 재밌던데."

재석은 밥을 다 먹고도 가만히 앉아 꾸역꾸역 두꺼운 소설을 읽었다.

보담은 강남 빵집 사건 이후 연락이 없었다. 채린도 마찬가지였다. 어색한 이 상황을 풀고 싶지만 섣불리 보담에게 연락했다가는 화만 더 부를 것 같아서 재석은 아무것도 못하고 있었다.

한참 독서에 몰입할 때 민성이 스마트폰을 손에 들고 재석의 등을 쳤다.

"야! 이거 봐, 이거."

"뭔데?"

"채린이 SNS야."

"걔 얘긴 꺼내지도 마. 나한테 친구 신청 여러 번 했는데 삭제했어."

"나랑은 SNS 친구 사이잖아. 그거 때문에 지난번에 혼났지만. 이거 봐. 우와, 얘네 엄마 끝내준다. 엄청 미인이야."

재석은 민성의 엉뚱함에 다시 고개를 절레절레 흔들었다.

"왜, 걔 친구도 얼짱이잖아. 관심이 가는 건 당연하지. 히히."

힐끗 살펴보았다. 지난여름에 식물원에서 찍은 사진인 것 같았다. 풋풋한 채린과 서구적 외모의 엄마는 무척 다정해 보였다.

"정말 예쁘시네, 아줌마 모델 같아. 대박이다. 그래서 채린이가 그렇게 예쁜 건가? 우월한 유전자."

"그렇게 닮지는 않았는데?"

채린이는 얼굴이 약간 동그스름한 동양적 미모인데, 채린의 엄마는 매우 서구적이었다. 쌍꺼풀이 진하고 코가 높았으며 얼굴이 갸름했다. 재석은 1년 내내 똑같은 파마머리를 한 채 식당에서 억척스럽게 일하는 자신의 엄마와 비교하면 정말 우아하고 아름다운 부인이라는 생각이 들었다.

"와! 짱이다. 글도 잘 썼어."

"뭔데?"

"내가 읽어 줄게."

그러면서 민성은 채린의 SNS에 올라온 글을 읽었다.

이 세상에서 내가 가장 존경하는 사람.

우리 엄마. ㅋㅋ

얼짱인 울 엄마.

역대급 미모다.

외모에 지성미에 우아한 왕비 울 엄마.

나는 상대도 안 됨. ㅠㅠ

여자는 외모부터 지성까지 완벽해야 한다는 울 엄마.

남자들이 그래야 무시하지 못한다고 하심.

무슨 말인지는 잘 와 닿지 않음.

그렇지만 자존심이 여자의 마지막 보루라고

강조하는 울 엄마.

광릉수목원에서 엄마와 찍은 사진.

같은 여자지만 질투남. ^^

"와! '좋아요'가 백 개가 넘네. 언니 예뻐요, 엄마랑 언니랑 미녀 집안, 이건 뭐야? 성형 아님? 푸하하하!"

"야! 고만해. 남의 집 가족사진 들여다보는 게 그렇게 재미있냐?"

"남 구경하는 게 얼마나 재밌는데! 응? 향금이도 댓글을 달았네. 향금이도 채린이랑 친구 사이인가 보다."

"보……보담이는 없냐?"

"보담이는 친구 아닌 것 같아. 향금이 이게 나도 모르는 새 채린이랑 친구를 맺었구먼. 그러면서 시치미를 뚝 뗀 거였어. 아냐, 이게 혹시 뭔가 눈치를 챘나? 내가 어장관리 하는 걸?"

"야, 시끄러워."

"광릉 좋다고 쓴 애도 있어."

갑자기 민성의 표정이 약간 심각해졌다.

"악플도 있네."

"무슨 악플?"

"열라 재수 없음. 여기 또 있다. 엄마까지 세트로 재수 없다……."

"나는 악플 다는 애들 이해를 못하겠다. 정말 할 일 없는 거 아니냐?"

댓글 읽던 민성의 얼굴이 점점 굳어졌다.

"그런데 악플이 좀 심각하네."

"야야, 신경 끄고 공부나 하자."

마침 감독 선생님이 들어오면서 야자시간이 시작되었다. 재석은 메모를 펼쳐 놓고 이것저것 끼적이며 소설을 썼다. 보담과 처음 만났을 때의 감흥을 되살리며 첫사랑 연인이 만나는 장면을 묘사하려고 애를 썼다.

진숙이는 빨간 가방을 메고 저만치 걸어갔다. 영식은 그 그림자라도 밟으면 자신과 연결될까 싶은 생각에 살짝 밟고 싶었지만 어쩐지 진숙에게 무례한 행동일 것 같다는 느낌이 들었다. 그림자를 밟을 듯 말듯 저녁 해를 바라보며 서쪽으로 걸어가는 진숙의 뒤를 따르며 영식은 이 세상 끝까지 함께할 수 있으면 좋겠다는 생각을 했다.

그 순간 진숙이 뒤를 돌아보며 쏘아붙였다.

"너 왜 따라오니?"

"어? 난 네가 무서울까 봐."

"나 하나도 안 무서워. 집에 가."

"그래. 그럼 너 먼저 가."

영식은 제자리에 섰다. 진숙은 씩씩하게 걸어갔다. 진숙이 저만치 멀어질 때 영식은 슬금슬금 다시 발걸음을 옮겼다.

재석은 머리를 쥐어뜯었다. 이다음에 어떤 사건으로 이어져야 할지 도통 생각이 나지 않았기 때문이다. 창작의 고통이 이런 것인가 보다 하는 생각이 들었다.

쉬는 시간이 되자 아이들은 복도로 쏟아져 나갔다. 화장실에 가려는 녀석이 대부분이고 매점에 가는 녀석들도 있었다. 재석은 1층 현관으로 나가 벤치에 걸터앉았다. 10분만이라도 맑은 공기를 쐬고 싶었다. 해가 떨어져 운동장은 캄캄했다. 서늘한 바람이 어디선가 불어왔다. 소설 쓰는 작가의 길을 가기가 결코 쉽지 않다는 것을 느꼈다. 무엇보다도 지식이 부족하고 관찰력이 약하다 보니 작품에 깊이 파고들 수 없어서 고통스러웠다. 작품의 주인공인 진숙이는 지극히 평범한 아이고 영식이는 주먹깨나 쓰는 녀석으로 묘사했다. 처음 생각했던 미남 미녀가 아니다 보니 재미도 덜하고 가슴 떨림이 없었다.

'주인공은 무조건 예쁘고 잘생겨야 재밌는데.'

그 순간이었다. 스마트폰으로로 문자가 날아들었다.

보담이었다.

우리 이제 그만 만나.
공부도 해야 되고……
너랑 사귀는 거 아니냐고 애들이 물어보면
일일이 대꾸하는 것도 귀찮고 싫어.
내 말 이해했으리라 생각하고,
앞으로 연락하는 일 없으면 해.

일방적인 이별 통보였다. 재석은 제자리에서 벌떡 일어났다. 청천벽력이었다. 갑자기 머릿속이 띵해지는 느낌이었다.

'이럴 수는 없어.'

보담에게 전화를 걸었다. 하지만 보담은 받지 않았다. 아예 전화기를 꺼 두었다. 미치고 팔짝 뛸 노릇이었다. 이렇게 물어보지도 않고 연락을 끊어 버릴 줄은 꿈에도 생각지 못했다. 채린이 일 때문인 게 분명했다.

그나마 붙잡고 얘기할 사람은 민성이밖에 없었다. 한달음에 교실로 올라가 민성에게 말했다.

"야, 나 이런 거 받았어."

민성은 메시지를 들여다보다가 자기도 모르게 소리를 질렀다.

"대박! 어떡하냐?"

순간 조용히 공부하던 아이들이 일제히 뒤를 돌아보았다.

"야, 나가자. 선생님 오시기 전에."

두 아이는 감독 선생이 옆 반에 들어간 사이 슬그머니 한 층 아래로 내려왔다.

"어떻게 된 거야?"

"몰라. 나도. 어떻게 화해하나 걱정하는데 이런 게 날아왔어."

"야, 너 뭐 잘못한 거 있냐?"

"잘못은 무슨. 아무것도 없어. 저번에 채린이가 난리 쳐서 그런 것 같아. 혹시 뭐 들은 거 있어?"

"아, 이거 참. 내가 향금이한테 한번 물어볼게. 일단 들어가자."

"내가 지금 교실 들어갈 마음이 아니야."

"그럼 나라도 들어갈게. UCC대회 참가 마감이 코앞이라 구성안 마저 작성해야 해. 이따가 야자 끝나면 향금이한테 전화해 볼게."

민성이 올라가고 재석은 마음을 잡은 뒤 처음으로 야자를 빼먹고 운동장 한쪽 구석에 쭈그리고 앉았다. 교실에서 쏟아져 나오는 환한 형광등 불빛을 받으며 재석은 이 난감한 사태에 어찌 대처해야 할지 고심하고 또 고심했다. 하지만 방법을 알 수가 없었다.

보담은 재석에게는 마음의 지주였다. 보담이 중심을 잡아 주고 있었기에 공부도 할 수 있었고, 보담에게 자랑스러운 남자가 되기 위해서 꿈을 찾아 도전하고 있다. 담배도 끊었고 술도 마시지 않았다. 게다가 작가의 꿈을 향해 매일 조금씩 진지한 삶으로 들어가고 있는 시기에, 아무것도 아닌 일로 보담이 이렇게 절교를 선언하면 재석은 돛도 키도 없이 대양을 떠도는 배가 될 수밖에 없었다.

야자가 끝난 뒤 아이들이 쏟아져 나올 때 민성이 재석의 가방까지 들고 내려왔다.

"재석아, 일단 집에 가자."

"아니야, 나 지금 보담이한테 가야겠어."

"갈 필요 없어."

"왜?"

"향금이한테 문자 보내 봤는데, 답이 이렇게 왔어."

> 보담이 지금 화났음.
> 아마 다시는 재석이 안 만날 거임.
> 그리고 전화도 안 받을 거임.
> 찾아와도 소용없음.
> 보담이 성격 고답이.

"야, 당장 가자."

보담이에게 고구마 백 개를 먹은 것처럼 답답하고 꽉 막힌 구석이 있다는 건 누구보다 재석이 더 잘 알았다. 오히려 그렇기에 더 늦기 전에 금안여고 앞으로 찾아갈 생각이었다. 여차하면 부라퀴가 있는 보담이네 집까지 쳐들어갈 기세였다.

"야, 많이 늦었는데."

다짜고짜 택시를 잡는 바람에 민성도 얼떨결에 따라 탔다.

"아저씨. 금안여고로 가 주세요."

재석이 다급하게 말하자 택시기사가 시원시원하게 대답했다.

"네, 알았습니다."

택시가 출발하자 민성이 재석을 설득하기 시작했다.

"야, 이런다고 여자들이 마음 돌리지 않아. 시간이 필요해."

그러나 무슨 이야기도 재석의 귀에는 들리지 않았다.

"채린이 고거 때문에 일 났네, 일 났어."

스마트폰을 들여다보던 민성의 눈이 동그랗게 변했다.

"어? 이런."

"뭔데?"

"채린이 큰일 났다."

"뭐야? 왜?"

"댓글 좀 봐 봐."

채린이가 올려놓은 셀카 사진에 댓글이 달렸는데, 온통 욕뿐이었다.

- 예쁜 척하지마! 재수 없는 년.
- 그 얼굴 언제까지 가나 보자. 왕재수.
- 다 성형빨이지.
- 토 나옴.
- 꺼져 버려!
……

악성 댓글은 지금도 한없이 달리고 있었다.

"악플이 이렇게 많은데 애는 지우지도 않네."

메신저를 통해 접속 중인가 살펴보았지만 채린은 SNS에 접속하고 있지 않았다.

"살벌하다. 이런 댓글 때문에 사람이 자살도 하고 그런다는데 이거 어떡하면 좋지?"

어느새 택시는 금안여고 앞에 섰다. 오는 동안 차가 막혀서인지 금안여고 앞은 이미 학생들이 모두 떠나 한산했다. 몇몇 아이들만 뒤늦게 집으로 돌아가고 있는 모습이 보였다. 재석은 금안여고에서부터 버스 타는 곳까지 달려 봤지만 보담의 모습은 어디에도 보이지 않았다.

"아, 정말 미치겠네."

재석은 길가에 있는 애꿎은 쓰레기통을 걷어차면서 절규했다.

민성은 재석이가 고통스러워하는 그 모습을 살그머니 찍어 향금에게 문자를 보냈다.

> 야, 지금 재석이 미칠라 그럼.
> 어쩜 좋지?

그러나 향금조차 대답이 없었다.

악성 댓글

며칠째 비가 내렸다. 비가 내리면 사람들의 마음은 우울 바이러스에 감염된다. 이 우울함은 사실 보담이 때문에 생긴 것이다. 보담에게 절교 선언을 통보받은 뒤 재석은 며칠 동안 걸어도 다리가 허공에서 겉도는 것 같았고 밥을 먹어도 먹는 것 같지 않았다. 이 고통의 순간을 견뎌 내야 제자리로 돌아갈 수 있을 텐데 보담과 헤어졌다는 사실은 오래도록 가슴 시리게 아팠다. 생전 처음 겪는 실연의 아픔에 재석은 남몰래 눈물 흘려야 했다. 그러나 그 눈물은 사실 사랑을 시작해 보지도 못하고 거절당한 풋사랑의 아픔이었다. 재석은 어떻게든 보담의 오해를 풀어 줘야겠다고 생각했지만 전화도 받지 않고 문자도 읽지 않는 보담이 철벽처럼 느껴졌다. 심란해서 글도 쓸 수 없었다. 억지로 마음을 잡고 쓴 소설은 등장인물들이 중구난방으로 만났다가 헤어지는 장면으로 마구 건너뛰었다. 이게 제대로 된 한 편의 글이 될지 알 수가 없었다. 그저 아무것도 하지 않고 방구석에 처박혀 뒹굴고 싶었지만 그럴 수조차 없었다. 알바를 뛰러 뷔페식당에 가야 하기 때문이다. 목표했던 노트북을 구입하려면 그 길밖에 없었다.

"다녀오겠습니다."

토요일 늦은 아침밥을 엄마의 식당에 가서 해결하고 나서는데 엄마가 흐뭇한 표정으로 고개를 끄덕이며 말했다.

"그래, 아들. 수고가 많아. 사랑해."

엄마의 그 눈빛에는 이제 말썽 안 부리고 자기의 갈 길을 정해 노력하는 아들에게 보내는 무한신뢰가 담겨 있었다. 동시에 이제는 식당이 궤도에 올라 식사시간이면 제법 자리가 꽉 찰 정도로 손님이 많아져서 생긴 자부심과 자신감의 표현이기도 했다.

채린이가 집을 나가 이틀째 돌아오지 않고 무단결석까지 하고 있다는 사실은 그날 뷔페식당에서 만난 민성에게 들었다.

"집을 왜 나가, 걔가?"

"가출했대. 향금이가 그러더라고."

"무슨 일로?"

"자세히는 모르겠는데 댓글 때문에 그런 거 아닐까? 문자 보내 봤는데 읽지를 않아."

"댓글? 그때 그거?"

"응. 향금이 말로는 이틀 전부터 학교에도 안 나온대."

"댓글 때문에 학교에 안 나간다는 게 말이 되냐?"

"그것만이 아니라 빨간 치마들이 채린이를 가만두지 않겠다고 협박했나 봐."

"보경여고 애들이? 정말?"

"응. 예쁜 척한다고 미워하는 것들이 좀 있대. 그래서 그것들이 집단적으로 댓글을 단 모양이야."

"아, 얼굴 가지고 왜들 그래."

"그래서 채린이가 충격을 좀 받았나 봐."

"야, 충격 받으면 학교에는 안 나올 수 있지만 집에 있어야지, 왜 가출을 해?"

"집 근처 골목에서 기다렸다가 가만 안 둔다고 애들이 겁을 준 모양이야. 그래서 겁이 나서 집에도 안 들어갔대. 잘은 모르지만."

"그거 큰일이네. 경찰에 신고는 했고?"

"응, 신고했는데 연락 오는 데도 없고 채린이네 집은 완전 뒤집어진 모양이야."

자기 좋다고 쫓아다닐 때는 귀찮고 얄미웠지만 막상 채린이 집을 나갔다고 하니 은근히 마음이 쓰였다. 뭔가 할 수 있는 일이 있으면 지금 당장 쫓아가서 돕고 싶었지만 그럴 수는 없었다. 보담과의 관계 개선이 급선무였다.

그런데 아무리 마음 쓰이는 일이 있다고 해도 몸의 고달픔을 당할 수는 없는 법이다. 뷔페식당에서 접시를 들고 나르며 정신없이 뛰기 시작하니 채린은커녕 보담과의 일조차도 잊었다. 육체노동은 그 무엇보다도 강력한 각성제였고 모든 망상을 잊게 하는 안정제 역할까지 했다.

"야, 여기 접시 치워 줘."

"학생, 이리 와!"

사방에서 불러 대고 여기저기서 잔치 끝에 접시가 깨지고 아이들이 야단을 맞는 북새통에 재석은 정신이 번쩍 들었다.

까르보나라를 조심했어야 했다.

코너를 도는 순간 어린아이가 맞은편에서 달려오는 바람에 몸이 기우뚱하며 접시에 남아 있던 소스가 튀고 말았다. 소스는 옆 테이블에 앉아 있던 여자 손님의 옷에 가서 찰싹 달라붙었다.

"꺄! 이게 뭐야?"

"죄송합니다. 죄송합니다."

"악! 난 몰라. 이거 오늘 새로 입은 건데 어떻게 할 거야?"

"죄송합니다. 어린애가 뛰어오는 바람에. 제가 닦아 드릴 게요."

"이게 닦는다고 해결될 문제야? 여기 매니저 오라고 해! 매니저!"

새된 소리로 여자는 고함을 질렀다. 쩔쩔 매는 동안 매니저 가 다가왔다.

"아이고 손님, 죄송합니다. 저희 아르바이트 학생이 실수한 모양입니다."

"애들 교육 이따위로밖에 못 시켜요? 옷 다 버렸잖아. 이거 어떻게 할 거야?"

"죄송합니다. 학생이 실수한 건데 너그럽게 봐 주세요. 오 늘 좋은 날이잖아요."

"이 옷이 얼마짜린 줄이나 알아요? 백만 원도 넘는 옷이라 고요. 어떻게든 변상을 해 줘야죠!"

"손님, 백만 원도 넘는 옷을 어떻게 학생이 새 옷으로 변상 할 수 있겠습니까. 여기서 일하는 아이들 대개 형편이 어려운 아이들이니 사정 좀 봐 주시면 감사하겠습니다."

"매니저님, 어떻게 하죠?"

조금 뒤편으로 물러난 재석이 상기된 얼굴로 매니저에게 속삭였다.

"가만히 있어. 저 아줌마 조금만 있으면 풀릴 거야."

매니저는 조용히 말한 뒤에 다시 다가가 연신 고개를 조아렸다.

"손님, 죄송합니다. 참으십시오. 아들 같은 애들이 고생하는데 제발 이해해 주세요."

"세탁비는 받아야 될 거 아니야. 세탁비는? 이거 어떡해! 이따 끝나면 친구들 만나기로 했는데. 아, 정말 재수가 없으려니까!"

결국 매니저가 세탁비로 3만 원을 건넸고 여자는 구시렁대며 물러갔다. 우아하게 생긴 귀부인이었는데 그렇게나 돌변하는 것을 보니 놀라웠다. 지켜보던 아이들은 휴식시간에 재석에게 몰려와 말을 걸었다.

"놀랐지? 괜찮아?"

"괜찮아. 내가 실수한 건데, 뭐."

그때 매니저가 지나갔다. 재석이 달려갔다.

"매니저님, 제가 갚을게요. 여섯 시간 시급 제하고 주세요."

"괜찮아, 인마. 너희들이 얼마나 번다고……. 앞으로 주의하도록 해."

"네, 정말 감사합니다."

옆에 있던 민성도 함께 매니저에게 인사를 했다.

"감사합니다. 매니저님."

잠시 뒤 이 소식을 들은 준오가 다가왔다.

"야, 너희들 아주 못된 손님한테 걸렸다면서?"

"네. 소스 조금 튀었다고 마구 흥분했어요."

"하하하! 예전에 나도 똑같은 일을 겪었어. 그때도 세탁비 물어내라고 그러는데 하루 일당을 다 날리게 생겼잖아."

"그래서 어떻게 했어요?"

"끝까지 사과했더니 나중에는 용서해 주더라. 식당에서 일하면 이런 일이 가끔 있으니까 앞으로는 조심해."

"네."

혼이 쑥 빠지도록 시달리고 나자 재석은 정신이 번쩍 들었다. 우아하고 교양 있게 식사를 하는 손님들도 언제 돌변할지 알 수 없는 노릇이었다. 늘 긴장하지 않으면 안 된다는 것을 배웠다.

"아휴, 이래서 아줌마들은 조심해야 해. 우아한 척하다가도 화나면 정말 무서워."

"여자들은 외모로는 도저히 판단할 수 없다니까."

"맞아."

민성이 위로의 맞장구를 쳐 줬다.

아침부터 줄기차게 비가 내리는 토요일이었지만 손님은 여전히 많았다. 비가 온다고 잔칫날을 바꿀 수는 없을 테니까. 저녁 10시가 넘어서야 겨우 뷔페식당에서 나온 재석은 빨리 집에 들어가 쉬고 싶은 생각뿐이었다.

"아, 지친다! 오늘은."

"그래. 너 몸도 마음도 너덜너덜하겠다."

어른스럽게 민성이 다독여 주었다. 보담에게 버림받고 마음 아픈 재석의 심정을 이해하고 있었던 것이다. 켜자마자 휴대전화가 윙윙거리며 울렸다. 낯선 번호였다. 재석이 받아들자 다급한 아줌마의 목소리가 들렸다.

"저, 죄송한데 재석이 학생이죠?"

"네."

다급함이 느껴졌지만 목소리의 주인공이 우아한 성격의 소유자라는 것을 알 수 있었다.

"저, 정말 미안한데, 나는 채린이 엄마예요."

재석은 당황스러웠다. 채린이 엄마가 도대체 무슨 일로 자신에게 전화를 건단 말인가.

"네? 아, 안녕하세요?"

"우리 채린이가 지금 급성 폐렴으로 병원에 있어요."

"네? 많이 아픈가요? 집에는 언제 돌아왔나요?"

"친구 집에 있었다는데, 애가 많이 아프다고 채린이 친구가 집으로 연락을 했어요."

"네. 그래도 찾으셨다니 다행이네요."

재석은 걱정과 동시에 안심이 되었다. 최소한 집에는 돌아왔으니까. 하지만 영문도 모를 이런 전화는 늘 긴장하며 받아야 한다.

"지금 채린이한테 이야기를 들었어요. 재석이 학생이 한 번만 문병을 와 줄 수 있을까요?"

재석은 순간 빠르게 생각을 했다. 무슨 일로 채린이 자신을 찾는지 모르겠지만, 몸이 약해지면 그리운 사람을 보고 싶어지는 게 인지상정이다. 하지만 지금 자신은 어떻게 해서든 보담과의 관계를 회복해야 할 입장이 아닌가. 이런 때에 채린에게 병문안을 가는 건 적절치 못하다는 생각이 들었다.

"문병이요? 그건 곤란한데요."

"우리 채린이 생각해서 한 번만 와 줘요. 여기 모비스 병원인데 내일쯤 와 주면 고맙겠어요."

"내일은 알바 때문에……."

"부탁해요. 채린이가 몸이 많이 안 좋은데 재석 학생한테 꼭 할 말이 있다고 해서 그래요."

"……생각 좀 해 볼게요."

"잠깐 들렀다 가면 내가 뷔페식당 가는 택시비랑 손해 본 일당은 줄게요. 부탁해요."

채린의 엄마는 우아한 목소리로 전화를 끊었다.

"뭐냐?"

곁에서 눈을 반짝이며 듣고 있던 민성이 물었다.

"채린이 엄만데 지금 채린이가 집에 돌아왔대, 아니 병원에 입원해 있대. 폐렴 걸려서."

"그래? 근데 왜 너한테 전화를?"

"나를 보고 싶어 한다고 오라네?"

"하하. 무슨 영화의 한 장면 같다. 야. 개감동!"

"인마! 애가 아파서 병원에 있다는데 그런 소리가 나오냐?"

"폐렴, 그거 병도 아니야. 며칠 입원하면 금방 나아. 그나저나 갈 거냐?"

"어떡해. 이렇게 사정하는데 잠깐이라도 들러야지."

"나도 같이 가자."

"너도?"

"응."

재석은 마음이 조금 누그러졌다. 민성과 같이 가면 분위기가 마냥 어색하지만도 않을 것 같았다. 녀석은 천부적인 분위기 메이커가 아니던가.

"그래. 혼자 가기는 민망하다. 내일 만나자. 문동 모비스 병원이래."

"그럼 모비스 병원 앞에서 9시에 보자."

둘은 그렇게 헤어졌다. 재석은 주머니에 한 손을 찔러 넣고 한 손으로는 우산을 받치고 떨어지는 빗줄기를 바라보며 걸었다.

"그러게, 가출은 뭐 쉬운 줄 알고……. 에휴!"

다음 날 오전 병원에 도착했을 때 재석은 깜짝 놀라지 않을 수 없었다. 거기에 향금과 보담이 민성과 함께 와 있었기 때문이다.

"어, 너희들?"

"재석아, 어서 와. 너 기다리고 있었어."

향금이가 짐짓 밝은 목소리로 맞아 주었다.

"보, 보담아."

보담이는 고개를 숙였다. 절교를 선언해 놓고 무슨 일로 여기까지 왔는지 알 수가 없었다. 민성이가 재석을 쿡 찌르며 말했다.

"채린이가 향금이랑 보담이한테 문자를 보냈어. 그동안 미안했다고. 그리고 채린이 엄마가 꼭 한번 와 달라고 연락을 했대. 그래서 다 같이 온 거야."

"그래?"

재석은 어쩌면 이번 기회에 오해를 풀고 보담과 다시 화해할 수 있을지 모른다는 실낱같은 희망을 품었다. 한편으로는 채린이가 엄마까지 내세워서 왜 이렇게 자신들을 불렀는지 궁금했다.

병원 안에 들어서자 여자애들이 앞장서서 걸었다. 1인실을 쓰고 있는 채린의 병실 문을 두드리자 큰 키에 우아한 모습의 채린 엄마가 문을 열었다. 입고 있는 하늘색 원피스가 눈이 시릴 정도로 화려하게 느껴졌다.

"어머, 어서들 와요. 이렇게 와 줘서 고마워요. 채린이는 잠깐 잠들었어요. 깨려면 조금 있어야 할 것 같아요."

"아, 네."

"잠시 휴게실로 갈까요?"

채린이 엄마는 우아하게 휴게실로 걸음을 옮겼다. 휴게실에 앉아 음료수를 뽑아 준 뒤 채린 엄마는 아이들의 얼굴을 마주 보며 말했다.

"모두들 채린이 친구들이니 말 편하게 해도 되겠죠?"

"네, 편하게 말씀하세요."

아이들이 대답했다.

"학생이 재석인가 보네? 남자답게 잘생겼네. 이쪽은 보담 양이지? 어머, 정말 예쁘다. 우리 딸이 정말 예쁘다고 하던데."

보담이는 얼굴을 붉혔다.

"여기는 민성이하고 향금이? 둘이 아주 친하다며."

민성과 향금의 얼굴도 붉어졌다. 재석은 어색한 이 자리가 괴로웠다. 빨리 끝내고 보담과 화해하고 싶은 마음만 굴뚝같았다.

"사실 내가 학생들을 알게 된 건 채린이가 집을 나간 다음에 채린이 일기장을 읽고서야."

"정말이요?"

보담이 말했다.

"다른 사람 일기장 보시면 안 되는데요. 아무리 딸이라도⋯⋯."

"잘 알지. 하지만 연락도 없이 애가 사라지니까 그동안 무슨 일이 있었는지 알아봐야겠다 싶어서 일기장을 봤어. 그런데 온통 재석이 얘기만 쓰여 있는 거야."

재석은 다시 긴장했다. 보담의 얼굴 표정이 편치 않아 보였다. 채린 엄마의 입을 통해 들은 일기장의 내용은 다음과 같은 것들이었다.

오늘은 얼짱인 보담 언니를 살펴보았다.

어디 하나 빠지는 데가 없는 언니였다.

앉아 있는 교실에서 빛이 나는 것만 같았다.

옆에 있으면 내 얼굴이 오징어가 되는 것 같았다.

……

거울을 아무리 들여다보아도 나는 보담이 언니보다 눈이 작다.

콧대도 낮은 거 같다.

……

성형수술을 해야 하는 걸까?

많이 아플까?

……

여자들이 외모에 대해 이렇게나 생각한다는 데 어이가 없어서 재석은 웃을 수조차 없었다.

"그, 그래서요?"

"보담이보다 예뻐지고 싶어서 성형수술을 하고 싶다는 얘기까지 적혀 있었어. 그래서 채린이 친구들한테 물어봤더니 재석 학생 때문에 보담 양에게도 찾아갔다면서?"

"네, 저한테 왔었어요."

보담이 담담하게 대답했다.

"찾아가서 당당하게 자기가 사귀겠다고 그랬다며?"

"네."

"미안해. 얘가 누굴 닮아서 그러는지 몰라. 내가 채린이를 잘못 키운 것 같아. 어릴 때 나는 세상에서 내가 제일 예쁜 줄 알고 살았었어. 그러다가 나가기만 하면 무조건 미스코리아 진이 될 거라는 권유를 받고 자의 반 타의 반으로 대회에 나갔지. 그런데 입상도 못했어. 나보다 훨씬 못해 보이는 후보가 진으로 당선되는 걸 보며 뒤를 봐 주는 사람이 없다는 게 너무 속상했었어. 그때는 그런 시절이었거든. 어머, 내가 어린애들 앞에서 무슨 소리를 하는 거야."

채린 엄마는 자기 이야기에 빠졌다가 큰 말실수라도 한 것처럼 화들짝 놀라더니 아쉬움이 남는 듯 교양 있게 한마디를 덧붙였다.

"아무튼 그때는 차별받았다는 사실을 이해하기 힘들었어."

살짝 얼굴을 붉히고는 부드러운 얼굴로 말을 이어 나갔다. 듣자 하니 채린 엄마는 미스코리아 대회에 나갔고 입상은 못 했지만 누구나 인정하는 미모를 지녔다. 지금도 그 우아함은 사람들을 제압하고도 남음이 있었다.

아이들은 모두 의아했다. 저런 여자가 외모로 차별받았다는 말을 한다는 게 잘 이해되지 않았다.

"지금 생각해 보면 우리 채린이가 조금만 음식을 먹어도 살찐다, 피부 나빠진다, 잔소리를 했던 것 같아. 내가 못 다 이룬 꿈 때문에."

"채린이 지금도 정말 예뻐요."

향금이가 분위기를 띄우려고 말했다.

"알아. 그런데 나는 저 정도로는 안 된다고 생각한 거야. 키도 작잖아. 오늘 보담 양을 보니까 확실히 느껴지네. 왜 우리 딸이 쌍꺼풀 수술을 하겠다고 그러고, 보담 양한테 밀린다고 생각했는지 알겠어."

보담이 참다못해 한마디 했다.

"저는 외모에는 관심 없어요. 그리고 재석이랑도 그냥 친구였을 뿐이에요."

재석은 '친구였을 뿐'이라는 표현에 가슴이 찢어지는 것 같았다. 이제는 친구도 아니라는 뜻 아닌가.

"알아. 하지만 여자는 무조건 아름다워야 돼. 내 생각은 그래."

재석도 더 이상 가만히 있을 수 없었다.

"미인대회에 나가서 다른 후보들한테 밀리셨다면서요. 그러면 오히려 그런 외모지상주의에 저항하셔야 되는 거 아닌가요? 그게 얼마나 사람을 괴롭히는지 아셨으면 딸은 외모에 신경 쓰지 않도록 키우셨어야죠."

"재석이 학생이 똑똑하네. 하지만 재석 군이 여자가 아니라서 그런 얘기를 하는 거야. 여자들은 달라."

보담이 옆에서 반론을 제기했다.

"어머니, 그래도 예쁘고 못된 애보다는 마음씨 착하고 성격 좋은 애가 훨씬 인기가 많아요."

"똑똑한 학생들이라 다르네. 아무튼 우리 채린이가 빨리 회복하게 좀 도와주고 넷이 참 친한 사이인 것 같아. 우리 딸 좀 끼워 주면 안 돼? 내가 가끔 용돈도 주고 가평에 있는 우리 별장에 놀러 갈 수 있게 해 줄게. 정말 예쁜 곳이란다. 그나저나 보담이는 아무리 봐도 참 예쁘구나."

그때였다. 휠체어에 앉은 채린이 복도로 나온 것은.

"엄마."

"어머, 채린아! 일어났구나."

네 아이는 동시에 자리에서 일어났다. 재석을 발견한 순간 채린의 얼굴이 굳어졌다. 채린의 엄마가 재빨리 설명을 했다.

"응. 재석 군이랑 친구들이 문병을 왔네. 네가 입원했다고 하니까."

채린은 그 순간 울먹울먹하더니 눈물을 터뜨렸다.

"흑흑흑! 미안해요! 다들 정말 미안해요! 흑흑흑! 쿨럭 쿨럭!"

채린이 갑자기 울음을 터뜨리며 기침하는 모습을 보니 재석의 마음이 짠했다. 보담도 당돌하게 눈을 치켜뜨며 재석을 양보하라던 채린이가 흐느끼는 모습을 보이자 마음이 편치 않았다. 미웠던 마음도 풀리는 것 같았다.

병실로 돌아와 다시 침대에 누운 채린에게 아이들은 위로의 말을 건넸다.

"채린아, 얼른 나아라."

보담이 손을 잡아 주었다.

"언니, 고마워요."

채린은 이렇게 자기가 아프다고 찾아와 준 사람들이 정말 고마웠다. 미안하기도 했다. 그러면서 자신에겐 이런 끈끈한 우정을 지닌 친구가 왜 없을까 생각하니 더욱 서러워졌다.

"흑흑흑!"

향금이는 말없이 채린의 머리만 쓰다듬어 주었다. 민성은 이 틈을 틈타 살짝쌀짝 스마트폰으로 사진을 찍었다. 마지막으로 재석이 어색한 표정으로 다가섰다.

"몸조리 잘해."

"언니, 오빠들 와 줘서 고마워요."

채린은 진심으로 감사 인사를 했다.

병문안을 마치고 일행은 병원 앞에서 둘씩 헤어지기로 했다. 보담과 향금은 독서실로 간다고 했다. 민성과 재석은 당연히 일을 하러 가야 했다. 헤어지면서 보담이 말했다.

"재석이, 너 앞으로 질질 흘리고 다니지 마."

"내가 뭘……, 억울해 미치겠다."

"채린이가 저러는 건 네가 기대감을 줬기 때문이 아닐까 싶어."

"그런 게 아니야. 나는 지금도 쟤가 왜 저러는지 알 수가 없어."

그러자 곁에 있던 민성이 나섰다.

"그래. 보담아. 재석이랑 나는 거의 매일 붙어 다니잖아. 정말 재석이는 이상한 짓 하나도 안 했어. 재석이는 나랑은 다르……."

이번엔 향금이 민성을 노려봤다.

"뭐라구?"

"히히, 암튼 재석이는 일편단심이니까. 너무 걱정 마."

보담도 그건 일리가 있다는 생각이었다. 채린이가 재석의 무엇을 보고 저렇게까지 좋아하는지 모르겠지만 최소한 자신이 아는 재석은 한 입으로 두말하는 스타일은 아니었다.

"알았어. 이번 한 번만 봐줄게."

보담이 새침하게 말했다. 재석은 그 말을 듣자 안도의 한숨이 저절로 나왔다. 그때 향금이 눈을 부릅뜨고 민성에게 말했다.

"민성이 너도 조심해. 내가 지켜보고 있다."

"야, 내가 뭘! 이제는 나냐?"

민성이 억울해 팔짝팔짝 뛰는 걸 보면서 보담과 향금은 킥킥대며 저만치 달아나더니 손을 흔들었다.

"나중에 봐."

재석은 다리에 힘이 쫙 풀렸다. 이제야 제자리로 돌아왔다는 안도감이 들었다.

"인마, 이번에 보담이 마음 돌리려고 향금이랑 내가 얼마나 공들인 줄 알아? 향금이랑 어제 밤새도록 문자 하면서 이야기 나눴어. 내가 보증 섰다니까. 너는 절대 그런 일 없다고. 향금이가 보담이 마음을 돌려 놨고."

민성이 자신의 휴대전화를 내밀며 주고받은 메시지를 보여주었다. 정말 문자가 줄줄이 이어졌다.

"그래. 고맙다, 고마워. 네 덕에 산다."

"근데 걱정은 걱정이다. 그 댓글들 보니까 빨간 치마 애들이 채린이를 무지하게 미워하는 모양이야. 나중에 SNS 또 보면 채린이 충격 받을 텐데."

"당분간 SNS 댓글 안 보면 되잖아."

재석이 덤덤하게 말했다.

"야, 댓글을 어떻게 안 보냐? 그러지 말고 앞으로는 예쁜 척 하고 사진 좀 올리지 말라고 네가 말해, 채린이한테."

"내가 왜!"

"택시 온다. 오늘은 택시 타자. 알바 늦겠다."

"그래. 서두르자."

재석의 주머니에는 교통비라며 채린 엄마가 억지로 넣어 준 돈이 들어 있었다.

"아, 오늘은 어제처럼 그런 악랄한 아줌마 좀 안 만났으면 좋겠다."

두 아이가 탄 택시는 뷔페식당을 향해 달려갔다.

여자들의 싸움

수지는 재희의 머리끄덩이를 잡고 늘어졌다.

"이거 안 놔?"

"네가 뭔데 잘난 척이야?"

"민석이는 내 거란 말이야."

두 아이가 머리끄덩이를 잡고 싸우는 모습을 본 담임선생님이 달려 왔다.

"너희들 무슨 짓이야?"

재석은 이 대목까지 쓰고 나서 두들기던 컴퓨터 자판을 멈

출 수밖에 없었다. 자기가 쓰고도 영 유치하고 재미없게만 느껴졌다.

"미치겠네. 여자들끼리 싸우는 걸 봤어야 말이지. 아, 정말."

두 여자아이가 싸우는 장면을 쓰고 있는데 아무리 생각해도 그런 걸 본 적이 없으니 생생하게 묘사가 될 리 없었다. 소설창작론 책을 뒤져 봐도 작가에게는 생생한 체험이 필요하다는 이야기뿐이었다.

"남자끼리 싸우는 거라면 자신 있는데, 여자애들이 어떻게 싸우는지를 알 수가 있어야지."

소설을 이리 고치고 저리 고치는 동안 속만 타들어 갔다. 이래서 여러 직업 가운데 작가들이 가장 단명한다는 말이 나왔는지도 모른다.

재석은 머리를 쥐어뜯다가 베란다로 나가 밤하늘을 올려다보았다. 오늘은 야자가 없는 날. 다른 아이들은 학원이다 과외다 바쁘겠지만 그런 걸 하지 않아서 집에 일찍 온 재석은 소설을 벌써 몇 번째 뜯어고치는 중이었다. 주인공의 이름도 바꾸고 사건도 바꿔 보지만 경험 없는 고등학생이 쓰는 소설은 아무리 봐도 유치할 뿐이었다. 서머셋 모음의 〈어머니〉에서 두 여자가 싸우는 장면을 참고로 보았다. 그 장면은 정말 세련되게 묘사가 잘되어 있었다.

"그러니까 당신은 내가 살인자의 아들과 결혼해 주는 것만도 고맙게 생각하라구요."

그녀는 말을 마치고 라카차라를 떠밀고 층계를 뛰어 올라갔다. 라카차라는 모욕에 눈이 뒤집혔다. 그녀는 분노를 이기지 못해 짐승 같은 괴성을 지르면서 로잘리아에게 달려들어 어깨를 잡고 층계 아래로 끌어내렸다. 로잘리아는 홱 돌아서며 그녀의 뺨을 후려갈겼다.

그러자 라카차라는 가슴에 품고 있던 칼을 꺼내어 저주를 하면서 로잘리아의 목에 꽂았다. 로잘리아가 비명을 질렀다.

"엄마! 사람 살려!"

그녀는 층계 아래로 떨어져 돌바닥 위에 쓰러졌다. 피가 바닥에 흥건히 고였다.

'모옴은 남잔데 어떻게 이렇게 여자들의 싸움을 잘 썼지? 아, 정말 미치겠네.'

그때였다. 재석의 휴대전화가 울렸다. 보담이었다. 보담은 주로 재석에게 문자를 보내지 이렇게 전화를 거는 일은 드물었다. 게다가 지금은 학원을 마치고 다들 집에 갈 시간이었다.

"응, 이 시간에 어쩐 일이야?"

다급한 보담의 목소리가 들렸다.

"재석아, 빨리 와! 여기 지금 큰일 났어."

"무슨 일이야?"

"지금 채린이가 애들한테 끌려갔어."

"뭐라구? 누가? 지금 어딘데?"

"지금 마이너학원 뒤에 있는 또또분식 옆 건물이야. 학원 끝나고 나오는데 채린이가 이상한 애들한테 끌려가는 거야. 이쪽으로 얼른 와 줘."

"근데 네가 왜 거기 끼어들었어?"

"그게 아니라 우연히 집에 가다가 봤어."

무슨 일인지 모르지만 보담은 재석이 나서 줘야만 해결할 수 있다고 생각한 것 같았다.

"알았어. 지금 출발할게. 민성이는?"

"민성이는 향금이가 불렀어."

재석은 서둘러 달려 나갔다.

채린이와 향금이, 그리고 보담이는 공교롭게도 같은 학원에서 수학 수업을 듣고 있었다. 과정은 달랐지만 같은 학원에 다닌다는 걸 알고 채린과 보담은 서로를 조금 더 가깝게 느끼는 것 같았다. 주로 성적이 우수한 아이들이 다니는 학원이었다. 민성은 가끔 향금을 놀렸다.

"공부 잘하는 보담이랑 같은 학원 다니는데, 왜 네 수학 성적은 오를 줄을 모르는 거냐?"

"죽을래? 수학이 그렇게 금방 늘면 내가 서울대를 가지."

향금은 개의치 않았다. 어차피 향금의 꿈은 내레이터 모델이나 가수, 혹은 연기자라서 수학 공부보다는 대사나 연기 연습에 더 많은 시간을 할애하고 있었던 것이다.

잠시 후에 재석이 달려간 마이너학원 부근에는 경찰차가 와 있었다. 가슴이 덜컥 내려앉았다. 전화를 걸어 보담을 찾았다. 하지만 전화기가 꺼져 있었고 음성 안내만 나왔다.

"어? 왜 전화가 꺼져 있지?"

향금에게 전화를 걸었다. 다행히 향금은 전화를 받았다.

"재, 재석아. 우리 지금 병원이야."

"병원? 왜?"

"마이너학원에서 양평은행 쪽으로 가다 보면 실로암병원 있지?"

"응."

"그 병원 응급실이야. 빨리 와."

재석은 죽을힘을 다해 달렸다. 사건이 나도 단단히 난 것 같았다. 숨이 턱에 찰 무렵 응급실에 들어서자 입구에 서 있던 민성이 재석을 맞이했다.

"어, 어서 와. 재석아."

"어떻게 된 거야?"

"야, 놀라지 마."

"무슨 일인지 빨리 말해."

"지금 여자애들 셋 다 여기 와 있어."

"누구?"

"향금이, 보담이, 채린이."

"어디 다쳤어? 무슨 일이야?"

"진정해, 진정해. 보담이는 별로 안 다쳤어."

"뭐? 보담이가 다쳤어?"

재석은 하늘이 노래지는 것 같았다.

"향금이도 약간……."

재석의 눈에 불이 켜졌다. 보담이와 향금이가 다친다는 건 상상도 못했다.

"누가 그런 거야? 응?"

"일단 애들한테 가자. 채린이네 엄마한텐 연락해 놨고, 부라퀴 할아버지도 지금 오고 계셔."

응급실 안쪽으로 들어가니 향금과 보담이 소파에 앉아 있었다.

"야, 이게 어떻게 된 거야?"

향금은 눈가에 멍이 들고 얼굴 긁힌 부분에 반창고를 붙이고 있었고, 보담의 뺨에는 두툼하게 드레싱이 되어 있었다.

두 아이는 머리칼이 헝클어진 모습으로 울고 있었다. 흐트러져 있는 보담의 모습을 보자 재석은 분통이 터졌다.

"너희들 왜 이렇게 됐어? 누가 그랬어? 말을 해. 누가 그랬냐고?"

"재, 재석아! 으흐흐흑!"

보담이가 재석을 보자 품에 달려들었다. 재석은 잠시 당황했다.

"괜찮아. 괜찮아."

다정한 어조로 보담의 뒷머리를 쓰다듬으며 안아 주었다. 자기 품 안에서 흐느끼는 보담을 보니 이렇게 만든 놈이 누구든 용서할 수 없다는 분노가 가슴속에서 용광로처럼 끓어올랐다. 옆에서 향금이 말했다.

"흉기로 보담이 뺨을……."

"뭐라고? 누가 이런 거야?"

"누군지 아직은 확실히 몰라. 다행히 한 바늘만 꿰맸어. 채린이는 좀 더 다쳤어."

채린은 응급실 한쪽에서 링거 주사를 맞고 있었다. 얼굴과 목은 반창고와 붕대투성이었다. 머리는 쥐어 뜯겼고 옷도 찢겨서 군데군데 핏자국이 보였다.

"채린아!"

자기 좋다고 쫓아다니는 걸 떼어 내려고 차갑게 굴고 냉랭하게 대했지만 막상 이런 모습을 보니 재석은 가슴이 아팠다.

엑스레이 필름을 들여다보던 의사가 다가와 말했다.

"자네가 보호자인가?"

"치, 친구인데요."

"그럼 잠깐 나가 있어. 지금 팔이 부러져서 처치해야 하니까."

"네."

채린은 중상이었지만 보담과 향금은 그나마 가벼운 상처라 앉아 있었던 모양이다.

"자초지종을 말해 봐."

보담과 향금이 울먹이며 이야기를 해 주었다.

저녁 늦게 학원을 마치고 나오는데 채린이가 몇몇 아이에게 둘러싸여 있는 걸 보았다는 것이다. 모른 척하고 지나가려던 향금이가 보담에게 말했다.

"어머, 쟤네 금안여고 애들 아닌데?"

"응?"

"빨간 치마야. 얼핏 봐도 일라이자 애들 같은데."

"일라이자? 그게 뭔데?"

"보경여고에서 짱 먹는 애들인데 지금 채린이한테 뭐라 하고 있어."

향금은 살짝 다가가 살펴보았다.

일라이자 애들 두어 명이 망을 보고 나머지는 채린을 둘러싼 채 채근하는 중이었다.

"나쁜 년아! 네가 학교에다 찔렀지?"

으슥한 곳에서 빨간 치마들에게 둘러싸인 채린은 잔뜩 겁을 먹고 있었다.

"너희들 이러지 마. 우리 엄마가 선생님께 말씀드리라고 해서 그런 거야. 니들이 그런 댓글 달아서 그런 거잖아."

벌써부터 울음 섞인 목소리로 채린이 말했다. 그걸 본 보담과 향금은 동시에 재석과 민석에게 전화를 걸어 빨리 오라고 했다.

"잘난 척하고 재수 없게 구니까 그렇지."

"너 정말 열라 재수 없거든?"

"예쁜 척이나 하고."

"엄마 고나리(특정인에게 지나친 관리를 받는다는 뜻의 신조어: 편집자 주)나 받는 년이 어디서 자랑질이야!"

아이들은 채린의 머리끄덩이를 잡고 서서히 폭행을 가하기 시작했다. 멀리서 그걸 지켜보던 보담은 자신도 모르게 나서고 말았다.

"너희들 왜 이러니? 얘가 무슨 잘못이 있다고 그래?"

갑자기 분위기가 반전됐다. 빨간 치마들은 일제히 보담을 향해 돌아섰다.

"넌 또 뭐야?"

향금은 보담을 잡아당겼다.

"보담아, 어서 가자. 끼지 말고."

그러나 보담은 이대로 물러설 수 없었다. 여럿이 한 사람을 때리는데 가만히 있으면 안 된다고 생각했다. 보담의 가슴이 격하게 뛰었다. 공부만 하고 얌전하게 자란 보담이 이렇게 집단 따돌림에 개입하는 건 난생처음이었다. 어쨌든 채린은 같은 학교 후배가 아닌가. 다른 학교 애들에게 맞는 걸 보고도 모르는 척 지나칠 수는 없었다.

"경찰에 신고할 거야."

떨리는 손으로 휴대전화를 꺼내는데 일라이자 패거리 중 하나가 보담을 알아봤다.

"애 금안여고 2학년 보담이잖아?"

"보담이가 누구야?"

"재석이 놈 이거."

그녀는 새끼손가락을 세워 보였다. 그러자 일라이자 애들이 눈을 치켜뜨고 일제히 보담을 바라봤다.

"아, 이년이 그년이야?"

"열라 재수 없게 생겨 가지고."

꽉 끼는 치마를 짧게 줄여 입은 하체비만의 여자애가 다가와 다짜고짜 보담의 뺨을 후려쳤다.

"악!"

보담은 자기도 모르게 뺨을 감싸고 주저앉았다. 난생처음 얼굴을 맞았다. 갑자기 불에라도 덴 것처럼 뺨이 화끈하게 달아올랐다. 그 순간 향금이 나섰다.

"너희들 왜 이래?"

"넌 또 뭐야?"

"아, 네가 바로 그 보담이 향단이 노릇한다는 향금이냐?"

"뭐라고?"

향금이는 보담이를 때린 여자애 팔을 잡고 늘어졌다. 그러나 주먹질하고 발길질하는 데 있어서는 일라이자 아이들이 여러 수 위였다.

"너희들은 빠져! 이것들아."

보담과 향금은 순식간에 일라이자 아이들에게 둘러싸여 주먹질과 발길질 세례를 받았다. 그 와중에 어떤 아이가 뾰족한 물건으로 보담의 얼굴을 다치게 한 것이었다. 머리채를 잡아 내동댕이치는 바람에 향금은 저만치 나가떨어졌고 보담이까지 튕겨져 나갔다.

"넌 따라와."

두 아이가 맥을 못 추게 되자 일라이자 아이들은 주변을 살피며 채린을 질질 끌고 갔다.

"그래서 그것들은 어디로 갔어?"

자초지종을 들은 재석이 흥분하며 물었다.

"채린이를 구해 주려고 다시 막 쫓아가는데 저만치에 남자애들이 있더라고."

"남자애들?"

"응. 걔네들이 우리를 막아서는 바람에 소리를 막 질렀는데 이미 채린이는 저렇게 맞고 쓰러진 거야."

"채린이 팔은?"

"걔네들이 계단에서 밀어서 굴러 떨어졌대."

"이것들을."

채린의 팔을 부러뜨린 것도 모자라 보담이 얼굴에 흉터를 남긴 아이들을 그냥 둘 수 없었다. 재석은 피가 끓었다. 하지만 지금 당장 할 수 있는 일이 없었다.

그날 저녁 채린 엄마가 오자마자 채린은 입원을 했고, 향금과 보담은 귀가 조치되었다.

경찰에서 사건을 조사하러 나왔지만 채린은 입을 다물었다. 누구한테 맞았는지 일절 이야기를 하지 않았다. 향금과 보담만 보경여고 아이들과 정체불명의 남자들이 그랬다는 사실을 말했을 뿐이다.

다음 날 재석은 학교가 끝난 뒤 보담, 향금, 그리고 민성과 함께 채린에게 문병을 갔다. 병실에는 이미 다른 문병객이 와 있었다. 그중에는 채린의 담임선생도 있었다. 아담한 몸매에 뿔테안경과 단발머리를 한 외모는 전형적인 교사의 그것이었다.

"안녕하세요."

재석과 민성이 인사를 하자 담임선생이 알은체를 했다.

"너희들이 재석이하고 민성이구나."

"저희들 아세요?"

"그래. 너희들 이야기는 많이 들었어."

"어떻게 된 일인지 선생님은 아세요?"

"채린이가 고민이 있는 것 같아서 안 그래도 내가 이야기를 나눴었어. 무슨 일이 있느냐고. 요즘은 학교폭력에 시달리면 선생님들도 확실히 알아야 하거든."

"네."

"그랬더니 어렵게 이야기를 꺼내는 거야. 악성 댓글과 왕따, 그리고 학교폭력 때문에 고민한다고."

"네."

자초지종은 이랬다. SNS에 올린 채린의 사진을 보고 처음에는 '좋아요'를 눌러 주던 친구들이 어느 순간 돌변해서 입에 담을 수 없는 욕설과 협박성 댓글을 달았다고 한다. 친절하던 아이들의 변심에 충격을 받은 채린은 말수도 적어지고 불안해 했다. 그 모습을 보고 선생님은 채린을 면담실로 불러 상담을 했었다.

"나도 어린 시절에 왕따였거든. 왕따였는데 다행히 좋은 선생님을 만나서 고3 때야 그 지옥에서 벗어날 수 있었지. 내가 훌륭한 교육자는 못될지언정 아이들이 다른 아이를 왕따시키는 건 못 참아."

채린의 담임선생이 처음 보는 자신들에게 그런 이야기를 허심탄회하게 하자 재석은 김태호 선생이 떠올랐다.

"근데 왜 '좋아요' 눌러 주던 아이들이 갑자기 악플을 달았을까요?"

"나도 그게 의문이었어. 그래서 SNS를 채린이와 함께 봤는데, 채린이는 이미 알고 있더라고. 보경여고의 일라이자 아이들이 이렇게 하라고 시켰다는 거야."

"그걸 어떻게 알아요?"

"채린이랑 친한 친구 하나가 몰래 얘기해 줬다고 하더라. 채린이 SNS 친구들한테 단체로 문자를 보내서 채린이한테 악플 안 달면 재미없을 줄 알라고 했대. 대신에 악플 달면 안 건드린다고. 그래서 그 친구도 소심하게 악플을 하나 달았던 모양이야."

학교폭력은 이런 식으로 진화하고 있었다.

그런데 왜 채린이 자기 학교인 금안여고도 아닌 보경여고 패거리들에게 찍힌 것인지 재석은 이해할 수가 없었다. 재석은 채린에게 조용히 다가가 물었다.

"채린아, 넌 왜 보경여고 애들한테 그렇게 찍힌 거야?"

채린이는 울먹울먹했다.

"그거 알면 오빠도 다쳐요."

"뭘 다쳐. 말해 봐. 왜 그러는 거야? 너네 학교도 아니고 다른 학교 애들이 왜 그런 거야?"

"오빠 전에 나 구해 줬던 거 기억나세요?"

"내가 널 구해 줘? 언제?"

"옛날에 놀이터에서 보경여고 애들한테 맞을 때요."

재석은 집 근처 놀이터에서 보경여고 날라리들에게 맞고 있는 금안여고 여자애를 구해 줬던 일이 생각났다.

"그게 너였어?"

"네, 오빠. 그때 오빠가 날 도와줬는데 그날은 너무 무섭고 정신이 없어서 인사도 못하고 도망쳤었어요."

채린은 오랜 기간 학교폭력에 노출되어 있었던 것이다.

재석은 채린이가 안쓰러워졌다.

이야기를 듣고 있던 보담과 향금은 재석을 바라보았다. 재석을 자랑스러워 하는 표정이 묻어 났다. 민성만 빈정댔다.

"아이고, 아주 슈퍼 파워 나셨다. 세상 팔방에 모든 정의는 다 실현하시고."

"시끄러워, 인마. 그래서 어떻게 된 건데?"

"솔직히 나도 확실히 모르겠어요. 수경이라고 일라이자 짱 인 언니가 그렇게 나를 미워해요."

그때 향금이가 들은 게 있는지 입을 열었다.

"내 친구가 수경이라는 애랑 같은 중학교에 다녔어. 그래서 얼핏 들었거든."

"응."

"걔가 어떤 남자애를 좋아하는데, 그 남자애가 채린이를 좋 아한대."

"혹시 그거 우석이라는 애 아니야?"

민성이 물었다.

"맞아! 우석이라고 했어. 근데 너희들이 어떻게 알아?"

"그 두꺼비 자식. 재석이랑 안 좋게 만난 적이 있거든."

그 순간 재석은 그림이 그려졌다. 우석이가 채린이를 맹목적으로 따라다니고 수경이가 우석이를 좋아해서 삼각관계가 만들어진 것이다.

"삼각관계 비슷하게 된 거구나."

향금이 고개를 끄덕였다.

"그 새끼는 재석이를 찾아와서 협박까지 했어."

"어머, 그래? 그렇더라도 수경이라는 애, 이런 짓까지 벌이는 건 좀 비정상 아니야?"

병문안을 마치고 나올 때 보담이 조용히 재석을 불렀다.

"재석아. 가만히 생각해 보니까, 어젯밤에 어떤 남자애들이 일라이자 애들 주변에서 망봐 줬다고 했잖아."

"응."

"걔네들 혹시 우석이네 패거리 아니야?"

"모르지. 그런데 그 자리에 우석이가 있었으면 채린이가 그렇게 당하게 놔두진 않았겠지."

"음, 그렇겠다. 근데 어젯밤에 남자애들 사이에서 병규를 본 것 같아. 머리 기르고 금목걸이를 해서 얼핏 보고 어른인 줄 알았는데 곰곰이 되짚어 보니까 아무래도 병규 같아."

"병규?"

"응. 몇 번 보지 않아서 확신은 없지만, 아무래도 맞는 거 같아."

"병규 이 자식 여전히 나이트클럽 삐끼나 웨이터 하고 있을 텐데."

"몰라. 병규가 패거리를 끌고 와서 일라이자 애들을 보호해 주는 것 같더라고."

그 말을 듣고 재석은 향금과 민성에게 말했다.

"야, 그 수경이란 애 어떤 앤지 좀 알아봐 줘. 병규랑 무슨 관계인지."

"그래 내가 알아볼게. 보경여고에 아는 애들 있어."

"응."

이미 경찰 조사까지 이루어진 마당이라 이 문제는 쉽게 넘어갈 수 있는 사안이 아니었다.

며칠 뒤 집에서 책을 읽으며 쉬고 있는 재석에게 민성의 문자가 왔다.

대박! 병규가 수경이하고
초등학교 동창임.
그리고 지금도 친하게 지냄.
채린이 테러하러 갈 때
병규가 뒤를 봐준 모양임.

문자를 본 재석은 이를 뿌득 갈았다.

"병규, 이 자식이."

은지 사건으로 병규를 애 아빠로 오해해서 몇 번 괴롭힌 적은 있지만 병규와는 별다른 감정이 없었다. 모든 일은 오해에서 비롯되었을 뿐. 그런데 병원에서 헤어지며 병규는 재석이 내미는 손을 쓸쓸하게 툭 쳐 내며 이렇게 말했었다.

"하여튼 너희들 두고 봐. 내가 퇴원만 하면 가만 안 둬."

다시는 병규를 만날 일이 없을 줄 알았는데 재석은 병규를 찾아가 만나야겠다는 생각을 했다. 그리고 이참에 우석이도 확실하게 정리해야겠다고 마음먹고 자기도 모르게 주먹을 쥐고 손가락에서 우두둑 소리를 냈다.

여자의 심리, 남자의 심리

채린은 사흘간 입원한 뒤 부러진 팔에 초록색 깁스를 하고 퇴원했다. 그동안 금안여고와 보경여고는 쑥대밭이 되었다. 경찰 수사가 이루어지고, 학교폭력을 엄단한다는 학교의 방침에 따라 댓글을 달거나 채린을 집단으로 폭행했던 아이들은 전부 다 불려 가서 경중에 따라 처벌을 받아야만 했다. 금안여고 아이들은 왜 그런 댓글을 달았는지에 대해 조사를 받았다. 교장선생은 조회시간에 이 사건에 대해 이야기하며 학생들에게 신신당부를 했다.

"여러분이 인터넷을 하는 건 말리지 않겠지만, 남의 이야기에 좋은 글을 달아 주어야지 나쁜 글을 달면 안 됩니다. 사회에서 선플 운동을 하지 않습니까. 이왕이면 좋은 말을 해야 우리 사회가 밝은 곳이 되지요. 그늘에 숨어서 못된 짓을 하면 안 돼요."

댓글을 달았던 금안여고 아이들은 경중에 따라 반성문을 쓰거나 경고를 받는 것으로 마무리되었다. 그런데 향금이 말에 의하면 보경여고는 정말 난리가 났다고 한다. 경찰이 들어가서 보경여고의 일라이자 멤버들을 전부 다 조사하고 사건 당시의 CCTV까지 뒤지고 있다고 했다. 민성이도 여기저기서 들은 소식을 속속들이 재석에게 알려 주었다.

"일곱 명이 달려들어서 채린이를 두들겨 팼대. CCTV에 다 찍혔대."

"그래?"

"응. 향금이랑 보담이도 증언을 했나 봐. 지금 검찰까지 나서서 난리래."

"검찰?"

"응. 학교폭력을 예방하는 차원에서 본보기로 모두 다 잡아낸대."

"그럼 수경이라는 애는 어떻게 됐어?"

"걔는 지금 가출해서 어디로 갔는지 아무도 모른다는데?"

"정말이야?"

"응."

"나머지 애들은 다 조사받고 있고 지금 부모들이 찾아가서 빌고 채린이한테 합의해 달라고 난리야."

"오!"

학교폭력은 생각보다 정말 크나큰 문제였다. 학생 하나가 일으킨 문제가 집안까지 뒤흔들었다.

"병규 자식은 어디로 튀었는지 몰라?"

재석의 물음에 민성이 정보를 하나 말했다.

"기명이 형이 그러는데 낙엽수길인가 어딘가에 가 있대."

"그래? 한번 가 봐야겠네. 채린이는 어쩌고 있어?"

"채린이 엄마가 가해자 측과 절대 합의해 줄 수 없고 엄벌에 처해 달라고 그랬대. 그래서 그 부모들이 와서 채린이 엄마한테 만나 달라고 난리인 모양이야."

"수경이란 애만 안 잡혔구나."

"응."

재석은 곰곰이 생각했다. 수경이는 왜 그렇게 채린이를 미워했을까. 여자의 미움과 질투의 끝은 과연 어디인지 알 수가 없었다. 나중에 이런 문제를 소설로 다루게 되더라도 그런 여자의 심리를 잘 알고 있어야 독자들도 수긍할 수 있을 거라는 생각이 들었다. 하지만 아직 고등학생인 재석은 그런 심오한 문제를 깊이 있게 다룰 재간이 없었다. 그저 여자이기 때문에 질투한다고밖에 쓸 수가 없었다. 재석은 박태원을 떠올렸다.

"아, 맞아. 박태원 선배한테 전화 한번 해 봐야 되겠다."

안 그래도 가끔 연락하고 찾아오라고 하지 않았던가.

"야자 없는 날 박태원 선배한테 찾아가는 거 어때?"

"거기? 좋지, 나야. 그 선배하고 친하게 지내면 도움 받을 일 많을 테니까. 다큐멘터리에도 애니메이션 기법 같은 걸 활용하려면 좋을 것 같아."

"그럼 내가 연락 한번 해 볼게."

재석은 전화를 걸었다. 저녁에만 통화가 된다는 이야기를 들어서 7시쯤 전화를 하자 박태원이 고운 목소리로 받았다.

"여보세요. 재석이니?"

"네, 선배님. 접니다. 제 이름 저장했었군요."

"그럼. 당연하지. 어쩐 일이야?"

"웹툰은 잘 보고 있습니다."

"그래, 재미있어?"

"네. 안 그래도 웹툰에 대해 말씀도 드리고 여쭤 볼 것도 있고 해서요. 찾아가도 괜찮을까요?"

"좋아, 언제든지 와. 웹툰 그리는 데 너희 이야기도 좀 필요하니까. 마침 나도 부탁할 것도 있고."

"아, 네. 그럼 언제 갈까요?"

"내일 저녁에 와라."

"감사합니다."

전화를 끊자 민성이 옆에서 말했다.

"나는 아직 그거 다 안 봤는데."

"야, 얼른 봐 둬."

박태원의 웹툰은 고등학교 교실에서 벌어지는 학교폭력과 외모에 대한 고민을 다루고 있다. 주인공이 원래는 굉장히 잘생겼었는데 화상을 입어 얼굴이 엉망이 되고 말았다. 그는 과학자를 만나 특수 재생피부를 붙이고 얼짱 외모를 하고 다녔는데, 그 재생피부 가면은 단 세 시간밖에 피부에 밀착되지 않았다. 세 시간 뒤에는 떼어내고 반드시 다른 가면을 붙여야 하는데, 이 가면을 떼었다 붙였다 하는 동안에 꼭 사건이 생겨 정신없이 도망 다니고 이리 뛰고 저리 뛰는 게 이 웹툰의 핵심적인 코믹 코드였다.

다음 날 박태원의 사무실로 찾아간 재석과 민성은 먼저 그에게 취재를 당했다.

"야, 너희들이 요즘 쓰는 말들 좀 가르쳐 줘야겠다."

"무슨 말이요?"

"요즘 애들이 쓰는 은어 말이야. 그거 좀 알려 줘."

"글쎄요. 별다를 게 없는데요."

"너희들 여자들한테 깔다구 같은 말 쓰냐? 여전히?"

"네, 써요."

"넘사벽도 쓰냐? 넘을 수 없는 4차원의 벽 몰라?"

"아, 넘사벽이요?"

"솔까말도 쓰지?"

"네. 솔직히 까놓고 말해서라는 뜻이죠."

"음, 그렇구나. 그럼 연애에 대한 은어는 뭐가 있냐?"

민성이가 말했다.

"금사빠 아세요?"

"그게 뭐야?"

"금방 사랑에 빠지는 게 금사빠예요."

"그래, 그런 거 좋아. 적어 둬야겠다."

박태원은 한참을 적었다. 밀당이나 어장관리 같은 단어는 박태원도 알고 있었다. 민성은 신이 나서 이야기를 이어 나갔다.

"그럼 심남은 아세요?"

"그게 뭐냐?"

"심녀와 심남이 있어요. 관심 가는 여자는 심녀고, 관심 가는 남자는 심남이에요."

"오, 좋은데. 새로 생긴 은어구나. 썸남 썸녀와 비슷한 건가?"

"네, 맞아요. 썸남 썸녀에서 온 거예요."

재석이 물었다.

"썸남 썸녀…… 그건 정확히 뭐냐?"

"야, 넌 그것도 몰라? 썸씽이 있다, 썸을 탄다고 해서 썸남, 썸녀야. 사귀기 직전 단계지."

"야, 이거 오나전 재미있다. 하하."

"오나전은 '완전'의 오타인데, 아예 신조어로 굳어졌지."

"참, 그리고 '고나리'라는 말도 있어요."

"고나리가 뭐야?"

"오나전처럼 '관리'의 오타예요."

"그래? '부모들이 관리한다'를 '부모들이 고나리한다'고 하면 되는 건가?"

"네, 맞아요."

한참 유행어에 대해 이야기하다가 박태원이 물었다.

"요즘도 얼짱 뽑고 그러냐?"

"그럼요."

"10년 전하고 크게 변한 건 없구나."

재석이 말했다.

"얼짱 출신들이 탤런트도 하고 그러잖아요. 그러니까 그 말이 계속 살아남는 것 같아요."

박태원의 사무실에서는 그의 문하생들이 여전히 컬러링 작업을 하고 있었다.

"그래, 뭐 재밌는 일은 없었고?"

"실은 얼마 전에 심각한 일이 있었어요."

재석은 채린과 보담, 향금에게 일어났던 사건을 이야기해 주었다. 아울러 이 시대를 사는 청소년으로서의 갑갑함도 털어놓았다. 입시, 진로 등 생각조차 하기 싫은 내용도 박태원을 만나 이야기하니 마음이 편했다. 자신들의 생각을 이렇게 백 퍼센트 공감해 주는 어른을 만나기란 쉽지 않기 때문이다.

"음, 그랬군."

박태원은 메모를 하면서 아이들의 이야기에 귀 기울였다. 웹툰을 그리면서 다양한 사람을 만나 취재를 해서인지 듣는 것을 무척 잘했다. 그 맛에 술술 이야기를 마친 재석이 물었다.

"선배님, 저는 남자라서 그런지 정말 이해할 수 없는 게 있어요."

"뭔데?"

"여자들이 대체 왜 이러는지 모르겠어요. 외모, 외모 하는데 물론 저도 예쁜 여자 좋아하죠. 그렇지만 그거 때문에 사람을 이렇게 막 죽도록 패고 또 경찰에 폭력으로 잡혀 들어가고……. 그게 그럴 일인가요? 여자들 심리를 정말 모르겠어요."

"하하하. 그것 제대로 봤어. 그게 참 알다가도 모를 일이지. 남자들이 이해하기는 쉽지 않지. 그런데 이번에 조사를 하면서 느낀 건데, 미모는 우리 인간들 삶에서 떼려야 뗄 수 없는 중요한 문제가 되었단다. 동물들 가운데서도 가끔 수컷들이 더 아름답잖아?"

"네."

"아름다운 수컷이라야 암컷들을 유혹할 수 있고, 그래야 짝짓기를 할 수 있거든. 사람도 마찬가지긴 하지. 서로 상대방의 외모에 끌리는 거잖아. 남자의 외모에 여자가 끌리기도 하고, 여자의 외모에 남자가 끌리기도 하지. 그러면서 굉장히 복잡하고 다양하게 성적인 매력에 빠져드는 게 사람이란다. 한마디로 본능의 영역이지."

"그런 것 같아요."

"저번에도 이야기했지만 그런 본능을 기업이 잘 이용하고 있지. 내가 볼 때 외모에 대해 말하려면 힘을 이야기하지 않을 수 없어."

"힘이요?"

"권력 말이야. 자, 두 사람이 있어. 두 사람의 관계가 치열해. 그런데 한쪽이 세. 그러면 힘으로는 못 이기니까 약한 쪽은 어디에 관심을 가질까?"

"글쎄, 외모인가요?"

"맞아. 한쪽의 힘이 강하면 힘이 약한 쪽은 외모로 기울게 되어 있어. 남자가 힘이 강하잖아. 일을 하고 돈을 벌고 밭을 갈고 사냥을 해 오잖아. 그러면 여자들은 그걸 똑같이 할 수 없기 때문에 외모로 그들이 가진 권력을 취하는 거지. 재미있는 통계가 있단다. 여자들이 브래지어를 하잖아?"

브래지어라는 말만 나와도 재석은 얼굴이 붉어졌다. 얼마 전 보담이 자신에게 안겼을 때 가슴이 느껴졌기 때문이다.

"브래지어는 가슴이 도톰하게 올라가 보이도록 받쳐 주거든. 그런데 그걸 하루 종일 24시간 착용하는 여자들은 그렇지 않은 여자들에 비해……"

"노브라요?"

민성이 옆에서 묘한 웃음을 지으며 물었다.

"그래. 노브라인 여자들하고 뭐가 다른지 알아? 외모는 브래지어를 한 쪽이 훨씬 예뻐 보이겠지. 가슴에 콤플렉스가 있는 여자들은 뽕도 넣고, 보정속옷도 입고. 그런데 브래지어를 하면 유방암 발병률이 안 한 사람보다 몇 배나 클 것 같니?"

"모르겠어요."

"126배야."

"으악. 그럼 여자들은 그렇게 암 걸릴 확률이 높은데도 브래지어를 하는 거예요?"

"음, 요즘에는 브래지어 착용과 유방암 발병률이 별로 상관없다는 연구 결과도 있긴 해. 하지만 혹시 모를 위험에도 불구하고 여자들이 브래지어를 한다는 게 중요한 거지. '사실이 아닐 거야. 설마 나한테 그런 일이 생길까' 하면서……. 건강보다는 외모가 더 중요하다는 거지."

"아, 무서워요."

"내가 옛날에 별별 아르바이트를 다 했거든."

박태원은 노점상을 한 적도 있었다. 머리띠를 만들어서 파는 일을 했는데 하루 종일 팔아 봐야 열 개를 넘기기 힘들었다. 힘들게 시작한 노점상이었지만 그렇게 팔아서는 살 수가 없었다. 그나마 머리띠를 사 준 사람들도 박태원의 미모에 대해 한마디씩 했다.

"어머, 미남이세요."

"꽃미남이에요."

여자들은 주로 그렇게 말했다. 어느 날 박태원은 아이디어를 냈다. 여장을 한번 해 보기로 한 것이다. 가발을 쓰고 얼굴에 속눈썹을 붙이고 아이라인을 그리고 립스틱을 발랐다. 누나들 사이에서 자라 어려서부터 메이크업에 익숙했다. 허리를 졸라매고 브래지어를 찬 뒤 원피스를 입고 노점상 앞에 섰다. 다른 조건은 이전과 다 똑같았다.

"정말요? 여장하고 파셨어요?"

"응."

"그랬더니요?"

"놀라지 마라. 그날 백 개를 팔았다."

"정말이요? 대박."

"그러고서 느꼈지. 남자가 팔면 열 개, 여장을 하고 파니까 백 개. 이 해프닝이 뭘 뜻하겠니? 남자들이 지나가다가 많이 사더라. 자기 여자친구 준다면서. 장사를 할 때 사람들이 왜 외모를 꾸미는지, 상업적인 것이 왜 미모와 연결되는지 그때 뼈저리게 느꼈어."

"정말 놀라워요."

"하지만 나는 그것이 바람직하다고 결론 내리지는 않을 생각이야. 여성해방운동을 하는 사람들은 이렇게 주장해. 여자들이 남자의 관찰대상이 되다 보니 지속적으로 폄하될 수 있다는 거야. 한마디로 여자라는 이유만으로 불리한 조건을 가지고 태어난 셈이라는 거지. 그래서 그런 인식과 시선을 근본적으로 바로잡아야 한대. 그렇지만 내 경우는 여장 남자가 물건을 파니까 재미있어서 사 준 사람이 대부분이라고 생각해."

"네. 맞는 말인 것 같아요. 저를 이렇게 정신 차리게 해 주신 부라퀴 할아버지라는 분이 있어요. 전에 왔던 보담이 할아버지거든요. 그분은 심한 장애인이신데요. 할아버지가 부자여도 사람들은 몸이 불편하다는 이유만으로 호기심 가득한 눈으로 관찰하곤 했어요. 동물원 원숭이 보는 것처럼 말이에요. 물론 그건 그 사람들 잘못이니까 할아버지는 늘 당당하세요."

"그렇지. 웬만한 자신감과 스스로에 대한 사랑이 없으면, 관찰의 대상이 되는 사람은 그 시선을 의식하지 않을 수 없어. 여자들은 남자들에게 관찰의 대상이지 않니. 그러니까 당연히 외모를 꾸미게 되는 거지. 외모를 꾸민다는 데서부터 이미 남자들에게 종속되는 거야. 그래서 프랑스 등에서는 너무 마른 모델들은 다 퇴출시키기로 했고, 심지어는 잡지 인물에 포토샵도 금지하기도 했대. 억지로 과장해서 포토샵으로 만져 놓으면 사람들이 그걸 따라 하게 되니까."

"네, 그렇군요."

"채린이라는 애도 아마 마음속에는 콤플렉스를 갖고 있었을 거야. 그게 뭔지를 한번 잘 알아봐."

"채린이 엄마가 미스코리아 대회 출신이래요."

"그래?"

박태원은 관심을 보였다. 조금은 알겠다는 표정이 되어 말했다.

"그렇구나. 그러면 그것과 관계가 있을 거야. 부모의 외모가 워낙 월등하면 그 자녀들도 자연스럽게 외모에 신경을 쓰게 되지. 어쨌든 채린이가 다른 학교 아이들과 문제가 생겼고, 무섭고 힘들 때 재석이 네가 짠 나타나 도움을 주어서 맹목적으로 널 좋아하게 된 거야. 그런데 너는 자기 마음을 안 받아 주고, 그 옆에는 자기보다 더 예뻐 보이는 보담이가 있으니 불안했겠지."

"아니, 보담이랑은 그냥 친구예요."

"그래, 알아. 뭘 그렇게 갑자기 얼굴이 빨개지니? 여하튼 채린이는 보담이 때문에 네가 냉정하게 군다고 생각했을 테니 더 불안해 하고 집착하게 된 거지."

태원의 분석을 들으니 재석도 조금은 이해가 가는 것 같았다.

재석은 박태원의 작업실에서 나오면서 소설을 쓰려면 주인 공의 행동 하나하나에 납득이 갈 만한 원인이 있어야 한다는 사실을 깨달았다. 어린 시절에 겪었던 일이 원인이 될 수도 있고, 현재 겪고 있는 상황이 원인이 될 수도 있다.

　"이거 정말 어려워. 주인공의 모든 것을 하나하나 캐낸다는 게."

　"그러게 말이야. 이러니 작가들 스트레스가 장난 아니겠어."

　말없이 걷는데 기분이 썩 유쾌하지는 않았다. 박태원과 대화를 하면서 채린의 행동이 이해는 됐지만, 이번 폭력사건에 대한 해결책은 찾지 못했기 때문이다. 그런 마음을 눈치 챘는지 민성이 다른 이야기를 꺼냈다.

　"참, 여기서 낙엽수길이 멀지 않아."

　"낙엽수길?"

　"응. 요즘 사람들 많이 다니는 뜨는 동네라는데 거기 가 보자. 혹시 아냐? 병규 녀석을 만날지도 모르잖아. 그날 보담이가 본 녀석이 진짜 병규인지도 캐묻고, 수경이라는 애 행방도 알아보고 말이야."

　"그래. 가 보자."

　그들은 번화가가 되어 가기 시작하는 낙엽수길에 가기로

했다. 그곳은 특색 있는 카페와 식당 등이 많아서 외국인들까지 찾는 곳이라고 했다. 그곳으로 가며 그들은 이런저런 이야기를 나누었다. 민성은 경찰 수사 결과 우석이네 학교도 엉망이 됐다는 사실을 알려 주었다.

"보경여고 애들이 불었나 봐. 우석이네 학교 아이들이 뒤를 봐줬다고. 음, 우석이네 서클 이름이 뭐였더라?"

"뭔데?"

"뭐, 웃기는 이름이었는데……. 마징가였던가. 암튼 그놈들도 이미 박살 났어. 일라이자 애들 뒤 봐줬던 바람에 줄줄이 잡혀 갔어."

"그래서 우석이도 가출한 거구나?"

"응."

"그런데 왜 우석이가 채린이 때리는 걸 도와줬지? 이상하지 않아?"

"글쎄?

"이상하잖아. 나한테까지 찾아와서 가만 안 둔다고 하던 놈이. 자기가 좋아하는 채린이를 때리도록 돕는다는 게 말이 안 되잖아."

민성 역시 고개를 좌우로 꼬면서 납득이 안 된다는 듯한 표정을 지었다.

"우석이 이 자식도 한 번은 내가 손을 봐야 되는데. 채린이를 내가 어쩌기라도 할까 봐 씩씩댄 걸 생각하면 어이가 없어서."

늦은 시각이었지만 낙엽수길은 번화했다. 취객들도 오갔고 수많은 커플들이 산책을 즐기고 있었다. 그곳에도 삐끼들은 있었다.

"형님들, 놀러 오셨습니까? 저희 가게 잘해 드립니다. 기본 안주에 소주 한 병 만 5천 원으로 모십니다."

여기저기서 호객행위를 하는 삐끼들이 보였다. 그때 민성이 재석의 옆구리를 찔렀다.

"재석아, 저기 병규 자식 아니냐?"

"어, 어디?"

고개를 돌려 보니, 머리를 민트색으로 물들인 삐끼 한 녀석이 열심히 명함을 뿌리고 있었다.

"맞는 거 같은데?"

"저 자식이……."

"딱 걸렸네. 우리 오는 거 기다리기라도 한 것처럼."

병규는 그동안 전화번호도 바꾸고 재석과 연락을 끊고 지냈다. 게다가 이번 사건 때문에 주변 사람들에게 병규의 연락

처를 물었지만 아무도 아는 사람이 없었다. 그런 녀석을 여기서 딱 마주친 것이다.

"병규야!"

재석이 이름을 부르자 병규가 뒤를 돌아보았다.

"어, 황재석."

녀석의 얼굴은 묘하게 일그러졌다.

"잠깐만 나 좀 보자."

"새끼야, 너랑 얼굴 볼 일이 뭐가 있어?"

다짜고짜 욕설부터 날리며 병규는 재석과 민성을 경계했다.

"너, 며칠 전에 마이너학원 근처에 온 적 있지?"

"꺼져, 새끼야!"

재석이 가까이 다가서자 들고 있던 명함을 확 뿌리고 병규는 냅다 언덕으로 달리기 시작했다.

"거기 안 서?"

재석은 뒤를 쫓았다. 언덕길 계단을 향해 마구 쫓아 올라갔다. 민성도 뒤에서 달렸다. 골목은 정말 꼬불꼬불했다. 녀석은 이곳 지리를 잘 아는 것 같았다. 산동네를 따라 생겨난 번화가여서 재석은 조금만 움직여도 여기가 어딘지 알 수가 없었다. 어둠 속에서 녀석을 찾기란 거의 불가능했다.

"이 자식이 어디로 갔지?"

중간에서 숨을 헉헉대고 있는데, 어쩐지 언덕 아래로 내려가서 으슥한 데 숨어 있을 것 같다는 예감이 들었다. 재석에게는 이런 경험이 많았다. 대개 도망 칠 때 약한 놈들은 끝까지 도망치려고 사람 많은 데로 튀지만, 싸움을 원치 않는 강한 놈들은 으슥한 곳에 숨는 법이다. 분명히 대로로 가지 않고 근처 어딘가에 있을 것이라고 재석은 생각했다. 뒤따라온 민성이 숨을 헐떡였다.

"야, 병규 어디 있냐?"

"도망간 모양이야."

골목길 사거리에서 재석은 가장 밝은 큰길 쪽으로 걸어 내려갔다. 터덜터덜 걸어 내려가던 재석은 2, 30미터쯤 내려오자 갑자기 길가 집의 대문간으로 붙어 섰다.

"야, 이리 와."

주택가의 문설주에 껌처럼 찰싹 붙어 민성이 속삭였다.

"무슨 일이야?"

"병규 자식 여기서 멀리 안 갔어. 우리가 저쪽으로 간 줄 알고 조금 있으면 나타날 거야."

1분이나 지났을까. 재석이 고개를 빼꼼 내밀고 위를 올려다보았다. 그러자 놀랍게도 골목 삼거리의 어느 집 철 대문을 열고 병규가 좌우를 살피며 내려오는 것이었다. 아무 일 없었다는 듯 경계를 풀고 다시 삐끼 노릇을 하러 가는 것 같았다.

"에라! 이 자식아!"

재석이 번개처럼 달려들어서 이단 옆차기로 병규의 등판을 찍었다. 두 발이 동시에 꽂히는 순간 병규는 그대로 앞으로 거꾸러졌다.

"헉!"

그러나 병규도 운동깨나 했던 놈이었다. 벌떡 일어나 뒤돌아서더니 다시 한 번 날아오는 재석의 발을 붙잡았다. 한 발을 허공에 붙잡힌 재석은 난감해졌다. 이런 상황은 상당히 불리하다. 이대로 끌려 다니면 넘어지거나 밟히게 되어 있다.

"이 자식아! 왜 날 아직까지도 괴롭히는 거야? 내가 뭘 어쨌다구?"

켕기는 표정이면서도 병규는 재석에게 따졌다.

"너, 이 자식아. 왜 우리 보고 도망가? 너 여자애들 주먹질할 때 거기 있었지? 이거 안 봐? 이 자식아! 안 봐?"

재석을 질질 끌고 다니면서 병규는 유리한 고지를 절대 놓치지 않으려고 했다. 이렇게 되면 방법이 없었다. 재석은 나머지 다리로 점프하면서 그대로 병규의 목덜미를 가격했다. 둘은 동시에 땅바닥에 엎어졌다. 엎어지자마자 먼저 일어나야 상대방을 밟을 수 있다. 전광석화처럼 재석이 일어서는데 병규 역시 간발의 차이로 일어섰다. 재석이 먼저 오른쪽 주먹을 날리고 왼쪽 다리로 무릎치기를 했다. 주먹은 빗나갔고 무릎치기는 엇비슷하게 가슴팍에 꽂혔다.

"헉!"

하지만 병규도 그대로 당하지 않았다. 머리를 들어 그대로 재석의 오른쪽 광대뼈를 받아 버렸다.

"윽."

눈에서 불똥이 튀는 걸 느꼈다. 그 순간 병규는 전세를 역전시켜 좌우 원투 스트레이트를 번개같이 재석의 턱에 꽂았다. 그 펀치에 저만치 튕겨 나가자 병규의 현란한 돌려차기가 날아와 그대로 재석의 어깨를 강타했다. 한 바퀴 나뒹군 후 재석이 일어나려 하자 민성이 달려왔다. 민성이 도우려 다가오자 병규가 살기 서린 목소리로 말했다.

"민성이, 넌 빠져! 황재석 너 이 자식. 너는 오늘 내가 단단히 손봐 주마."

병규가 재석의 옆구리를 구두창으로 짓이겼다.

"윽!"

창자가 끊어지는 고통을 참으며 재석은 다시 일어났다. 재석은 일단 높은 곳을 점해야 한다는 생각을 했다. 그대로 뛰어 올라 언덕 위로 도망쳤다. 병규가 따라오는 걸 보고 그대로 운동화 발로 얼굴을 가격했다. 녀석이 저만치 나가떨어지는 것을 보고 쫓아가 배 위에 올라탄 뒤 기마자세로 마치 얼음을 쪼개듯 병규의 얼굴에 좌우 주먹을 내리갈겼다. 어느새 사람들이 몰려들어 비명을 질렀다.

"어머! 어머! 싸움 났어."

"경찰에 신고해야 하는 거 아냐?"

그런 것에 아랑곳하지 않고 재석은 주먹질을 계속했다.

"이 십장생아, 너 왜 그랬어."

파운딩하는 손을 막으면서 병규는 웃었다.

"이 자식아. 너한테 내가 그걸 설명해야 할 필요는 없지."

"우석이 어디 있어, 지금?"

싸우면서 물어보려니 숨이 찼다. 그 순간 병규가 벌떡 일어나더니 믿을 수 없는 몸놀림으로 등에다 무릎치기를 꽂았다. 재석의 등에서 전율이 일었다. 척추를 제대로 맞았다.

"윽."

쓰러지는 재석의 팔을 붙잡고 병규가 암바를 걸었다. 팔과 어깨가 부러질 것 같은 고통이 느껴졌다.

"이 돌아이야! 이제 네 놈이 날 찾아 다니는 건 정말 지겹다고."

팔이 곧 부러질 것 같을 때였다.

"악!"

비명소리와 함께 갑자기 병규의 손에서 힘이 풀렸다. 옆에 있던 민성이 병규의 머리통을 가방으로 힘껏 가격한 것이다. 팔이 풀려난 재석은 일어나서 그대로 병규의 목에 헤드록을 걸었다. 죽어도 안 놔 줄 태세로 목을 조르자 결국 병규는 재석의 어깨를 쳤다. 탭이었다.

승리 고시텔 202호

"여러분, 날이면 날마다 오는 사회가 아닙니다. 저는 특별히 초대받고 온 사회자입니다. 안녕하세요. 김민성입니다."

마이크를 잡고 민성이 익살스럽게 돌잔치 사회를 보고 있었다. 사람들은 웬 어린애가 나와서 마이크를 잡나 하는 표정이었다. 어디서 구했는지 빨간 나비넥타이에다 약간 헐렁한 아버지 양복까지 걸쳐 입은 민성은 얼굴에 난 여드름만 아니라면 제법 그럴싸한 사회자처럼 보였다.

"자, 여러분! 제 후배인 우람 군의 돌잔치에 오신 것을 환영합니다. 박수."

후배라니 난데없었다. 잔치 주인공인 우람이는 이제 고작 한 살배기인데.

"자, 우람이가 왜 제 후배냐 하면 말이죠. 우람이가 앞으로 약 15년 뒤에는 제가 다니는 학교에 입학을 할 게 분명하기 때문에 미리 후배라고 점을 찍어 놓는 겁니다. 얼굴이 정말 잘생기고 저처럼 똑똑하기 때문에 후배로 딱 찍어 놨습니다. 여러분."

여기저기서 할머니 할아버지들이 배꼽을 잡고 웃었다.

"어, 그 녀석 재밌는 녀석이네."

"글쎄, 고등학생이 어떻게 저리 말재주가 좋아."

호응에 힘입어 민성은 멘트를 이어 나갔다.

"자, 여러분 감사합니다. 감사합니다. 이따 가실 때 저에게 듬뿍 팁을 주시기 바랍니다. 저는 6.25 때 부모님을 잃었구요, 그다음에 4.19 혁명 때 형님을 잃은 혈혈단신 고아입니다."

"하하하!"

사람들은 더더욱 배꼽을 잡았다. 아직 스무 살도 되지 않은 민성이가 넉살을 떠니 다들 웃겨 죽겠다는 표정이다. 어떤 할아버지는 벌써부터 나와서 만 원짜리 한 장을 민성의 주머니에 찔러 넣었다.

"아이고, 고생한다. 학생 고학생이지?"

"하하하!"

지켜보고 있던 아저씨들이 마구 웃었다. 고학생이라는 케케묵은 단어를 들으니 웃음이 쏟아진 것이다.

"네, 할아버지 감사해요. 제가 이걸로 강냉이 죽 사 먹고 동생 학비에도 보탤게요. 흑흑!"

향수를 불러일으키는 민성의 넉살에 사람들은 박장대소를 했다. 그 기세를 몰아 민성이 진행을 시작했다.

"그러면 지금부터 돌잔치를 시작하겠습니다."

저 멀리에서 접시를 나르면서 재석은 민성이의 재주에 다시 한 번 혀를 내둘렀다. 매니저도 다시 봤다는 듯 재석에게 말했다.

"민성이는 저런 게 적성에 맞는 모양이구나."

"그렇죠?"

"응. 아주 물건이야, 물건. 제법이다. 너는 빨리 접시 나르고."

"네, 알았습니다."

재석은 부리나케 종종걸음을 쳤다. 이제 뷔페식당 아르바이트도 익숙해져서 손이 점점 빨라져 곧 달인의 경지에 오를 것만 같았다. 노트북 살 정도로만 일하려고 했는데 어느새 받아야 할 돈이 백만 원에 육박했다. 50만 원은 이미 받았고, 이번 주까지만 하면 나머지 50만 원도 받을 수 있다.

토요일인 어제, 예고 없이 돌잔치 사회자인 준오가 나타나
지 않았다. 전화를 걸어 본 매니저 말에 의하면 준오의 집안
에 무슨 일이 있는 것 같다고 했다.

"준오 형, 왜 안 온대요?"

"집에 무슨 일이 있어서 지금 도저히 올 수가 없다는구나."

"그래요? 누가 아프신가?"

"그런 건 아닌 거 같아. 집으로 전화했더니 할머니가 받더
라. 준오는 나갔다고 하고. 한참 뒤에 문자가 왔는데 사정을
밝힐 수는 없지만 당분간 잔치 사회를 못한다고 하더라고."

그래서 급하게 돌잔치 사회를 구했는데 민성이 자청했고,
궁여지책으로 한번 써 보자 싶었던 것이다.

"매니저님, 제가 한번 해 볼게요. 돈 안 받고 할게요."

"너 잘할 수 있겠어?"

재석이 옆에서 강력히 추천했다.

"민성이는 학교에서 오락부장이고 웃기는 녀석이에요. 잘
할 거에요. 그래도 고등학생이니까 서툴러도 예쁘게 봐 주시
겠죠, 뭐."

그런데 처음 한 것 치고 민성의 사회는 아주 훌륭했다. 일
단 고등학생이 그런 일을 한다는 것을 사람들이 좋게 봐 주
었고 실수를 해도 귀엽게 넘어가 주었다. 그리고 다 아들이나

손자처럼 여기고 팁까지 얹어 주었다. 거기에 맛들인 민성은 어제 집에 가면서 신이 나서 재잘댔다.

"사람은 역시 기술이 있어야 된단 말이야. 일인일기! 아, 개인적으로는 준오 형이 계속 안 나왔으면 좋겠다."

"너 그게 무슨 소리야."

의리의 사나이 재석이 민성의 어깨를 툭 쳤다. 남의 불행이 나의 행복이 되는 건 두고 볼 수 없었기 때문이다.

"야, 농담이고. 준오 형이 해야지. 이렇게 나라도 땜방 할 수 있으니까 다행이야."

민성의 오늘 돌잔치 사회는 실수 연발이었지만 그게 오히려 웃음을 유발해 재미있게 끝났다. 주머니에서 3만 원을 꺼내 보여 주며 민성은 신이 났다.

"야, 나 팁 받았어, 팁. 아까 할아버지가 주신 만 원이랑 우람이 아빠 엄마가 2만 원 더 주셨어."

"좋겠다, 인마, 너는."

"야! 가져라."

민성이 재석에게 만 원짜리를 쑥 내밀었다.

"안 받아. 네가 힘들게 번 돈을 내가 왜 받냐?"

"콩 한 쪽도 나눠 먹으랬어. 내가 만 원 정도는 줄 수 있지,

뭘 그래?"

녀석은 엄청 삐졌다.

"콩알 나눠 먹으려면 만 5천 원 줘야 되는 거 아냐?"

"아! 그런가. 이거 만 원짜리를 찢어 줄 수도 없고."

"에라, 이 자식아. 하하하!"

재석은 웃으면서 유쾌하게 민성이 건넨 돈을 받았다. 둘이
이렇게 시시덕거릴 때 매니저가 불호령을 내렸다.

"야, 너희들 빨리 접시 안 날라? 민성이 넌 이제 술병!"

"네에!"

본분으로 돌아온 민성이 웃으면서 황급히 술병 상자를 쌓
아 놓은 곳으로 달려갔다. 그렇게 일요일 저녁도 밤 10시까
지 두 아이는 알바를 했다. 뷔페식당에서 나오면서 재석은 민
성에게 말했다.

"집에 먼저 가라. 나 좀 갈 데가 있어서."

"너 어제도 혼자 가더니 오늘 또 어디 가? 일요일 밤에 집
에 안 가고 어딜 간다는 거여."

"그냥 좀 갈 데가 있어. 나중에 말할게."

"아이, 자식이. 너랑 나 사이에 이럴 거야? 지금 이 시간에
보담이 만나러 가는 것도 아니고. 나 너 가는 데 따라갈 거야."

"이 자식이 오지 말라니까. 내가 해결할 문제야."

"야, 죽어도 같이 죽고 살아도 같이 살아야지. 어디 가는데? 말이라도 해 봐."

"아이, 참."

재석은 마음이 약했다. 민성이가 이렇게 나오면 곧이곧대로 말할 수밖에 없었다.

"병규 놈한테서 우석이가 어디 있는지 들었거든."

"뭐? 언제 들었어?"

병규와 대혈투가 벌어진 뒤 재석은 병규를 질질 끌고 경찰서로 가자고 했다. 병규는 이미 많이 맞은 상태라 목소리에 힘이 없었다.

"알았어. 가긴 가는데 나는 정말 직접 나선 거 없어. 애들 뒤만 봐준 거야."

"이 자식아. 그래도 너 경찰서에 가서 증언하고 맞은 애들한테 사과해야 할 거야. 죄가 있는지 없는지는 경찰이 판단할 거고."

어쩌면 병규의 죄는 경미할지도 모른다. 하지만 크건 작건 녀석이 보담이와 향금이, 채린이가 집단폭행을 당하는 데 관여했다는 건 사과하고 용서를 빌어야 할 일이라고 재석은 생각했다.

"야, 나 배고픈데 저기 편의점에 가서 김밥이나 사 주고 가면 안 되냐? 오늘 저녁도 못 먹었다."

"……."

속으로는 넉살도 좋은 녀석이라고 생각했지만 그 요청까지 무시할 수는 없었다. 그렇게 해서 셋은 편의점에 들어가 삼각김밥과 컵라면, 우유 등을 먹으며 이야기를 나눴다.

"너는 날 왜 그렇게 미워하냐?"

재석이 이참에 궁금하다는 듯 병규에게 물었다.

"미워할 수밖에 없지, 자식아."

"왜 그러는 거야? 도대체. 너랑 나랑은 같이 스톤도 했었잖아."

병규는 말없이 라면만 꾸역꾸역 먹었다.

"자식아, 너랑 나랑 다를 것도 없는 처지에 왜 그래. 나도 홀어머니 밑에서 살면서 철없이 애들 두들겨 패고 다녔는데, 너도 할머니 할아버지가 키웠다면서? 그럴수록 우리가 정신 차리고 살아야 하는 것 아니야?"

"……."

"조금만 생각을 바꾸면 생활이 바뀌어. 정신 좀 차려 봐라."

재석의 설교를 듣고 있던 병규가 젓가락을 땅바닥에 내던지며 벌떡 일어나 말했다.

"이 자식아! 너하고 나하고 뭐가 같아?"

재석도 벌떡 일어났다.

"다를 게 뭐 있어. 정신을 차리면 되는 거지."

편의점 아르바이트생이 힐끔힐끔 눈치를 봤다. 민성이 만류했다.

"야, 앉아, 앉아. 말로 해, 말로."

다시 자리에 앉은 병규가 말했다.

"넌 자식아! 예쁜 여자친구도 있고, 뭐 듣자 하니까 부라퀴라는 할배가 너희 엄마한테 집도 사 줬다며. 너는 뭐 드라마 주인공이냐? 네가 왜 모든 걸 다 가져? 왜 난 못 갖느냐고!"

"......."

그거였다. 재석은 그 부분에 대해서는 할 말이 없었다. 하지만 재석이 그런 걸 자랑한 적은 한 번도 없었다.

"야! 내가 뭐 자랑이라도 했냐? 보담이는 여자친구라기보다 나한테 가르침을 주는 선생님이나 멘토 같은 애야. 그리고 걔 때문에 내가 정신 차린 건데, 정신 차린 것도 잘못이냐?"

"아무튼 이 자식아. 너 혼자 왜 예쁜 여자친구도 갖고 선생님들 사랑도 받고 돈이랑 권력이랑 다 갖느냐고! 나는 잘렸는데! 나는 고등학교도 졸업 못했잖아. 근데 너는 잘만 학교 다니잖아. 학교 다닐 때는 네가 나보다 더 나쁜 놈이었어, 알아?"

그 말에 재석은 할 말을 잃었다. 사실이었기 때문이다. 과거를 지우개로 지울 수 있다면 박박 지우고 싶었다. 하지만 그건 절대 불가능한 일이었다.

"야, 같이 놀았는데 너는 대학 간다고 하고, 정의의 사도인 척하고. 나는 삐끼 아니면 웨이터나 하고……. 그것도 모자라서 너희들한테 엉뚱하게 애 아빠라고 오해나 받고, 병원에 입원하고……. 뭐야, 나는? 그러니까 내가 너를 곱게 볼 수 있겠냐? 더럽게 재수 없는 자식!"

그럴 수도 있겠다고 생각했다. 재석은 인정할 수밖에 없었다.

"그래. 이게 사과해야 될 일인지는 모르지만 미안하다. 미안한데 너도 잘한 건 없어. 학교도 잘리고 했으면 정신을 차려야 되는 거 아니야?"

"네가 뭔데 남보고 정신을 차려라 마라야. 나는 이대로 살 거니까 내버려 둬. 우석이가 지난번에 와서 네 얘기를 하더라. 그래서 내가 다른 사람 일 같으면 나 먹고살기도 바빠서 안 나서는데 재석이 네 이름을 들으니까 갑자기 열이 확 받치면서……. 자식아! 에이, 관두자."

짐작이 됐다. 재석이 개입돼 있다고 하자 병규는 딴지를 걸고 싶었던 것이다. 민성이 옆에서 확실히 물었다.

"재석이가 끼었다니까 갑자기 심술이 생겼지? 심통 부리고 싶어진 거 아니야?"

"……."

병규는 그렇다고 차마 인정하지 않았다. 말이 없다는 건 그렇다는 뜻이다.

"네 맘도 이해해. 억울하게 생각할 수도 있어."

민성이 부드럽게 말을 이었다.

"그나저나 우석이가 왜 나선 거야? 그 자식이 왜 자기네 애들 풀어서 수경이 뒤를 봐준 거야? 채린이 좋다고 그렇게 쫓아다니더니."

"자식아, 너 그거 모르냐? 남자의 우직한 순정을 너무 모질게 짓밟으면 꼭지가 도는 거야."

"뭐라고?"

"채린이 그 계집이 우석이를 적당히 무시했어야지. 완전히 발톱의 때로도 여기지 않으니……. 참는 데도 한도가 있는 거야."

재석과 민성은 뒤통수를 세게 맞은 기분이었다. 채린이가 좋다면서 쫓아다니던 우석의 변심은 놀라웠다. 그 결정적인 계기는 물론 재석이었다. 채린이가 재석을 알기 전까지는 우석이에게 그렇게까지 쌀쌀맞지는 않았다는 것이다. 그런데 재석이 채린이를 우연히 구해 준 뒤로 채린의 마음에 온통 재석이 들어찼고, 그로 인해 우석은 완전히 밀려났다.

"그 뒤로도 우석이 자식이 채린이 맘을 돌리려고 무던히 애 썼나 보더라. 결정적인 건 채린이 생일날 학교 앞에까지 찾아 가서 케이크랑 꽃을 줬는데 채린이가 그걸 그대로 땅바닥에 내던지며 냉정하게 굴고는 가 버렸대."

"여자가 싫으면 그럴 수도 있지."

"그런데 그걸 우석이네 패거리가 멀리서 보고 있었던 거야. 일진 짱인 우석이 체면이 박살 난 거지. 그날 우석이 술 왕창 먹고 엉엉 울었다더라."

채린이의 성격을 아는 재석은 우석에게 매몰차게 대했을 정황이 충분히 그려졌다.

"그때 수경이가 그 틈새를 파고들었대. 그래서 우석이가 마음을 바꿔 먹도록 만들었어. 이건 수경이 그 계집애가 나한테 직접 해 준 이야기야."

재석은 곰곰이 생각했다. 우석이 그렇게 목을 매던 채린이를 어떻게 그렇게 폭력의 희생물이 되도록 했을까? 사람의 마음이 그렇게 순식간에 바뀔 수 있는 걸까? 사랑과 무자비

한 증오는 동전의 양면이었다. 사랑하는 여자친구는 행복과 즐거움을 주기도 하지만 동시에 크나큰 스트레스의 근원이기도 하다. 가만히 생각해 보면 재석도 자기 삶에서 겪은 가장 큰 고통은 거의 대부분 관계 때문이었다.

어떤 사람을 사랑한다는 것은 그에 대한 집착도 커진다는 의미다. 관계가 제대로 이루어지지 않으면 고통스러울 수밖에 없다. 고통에서 벗어나고자 발버둥을 쳐도 그게 잘 안 된다. 보담과의 짧은 이별에서 재석은 그것을 충분히 느꼈다. 보담과의 관계가 그동안 즐겁고 행복했기 때문에 더더욱 그러했다.

채린에게 우석은 사랑과 증오를 동시에 느꼈다. 그리고 절망했다. 사랑하는 감정이 컸기에 증오도 컸다. 그래서 채린을 괴롭히게 된 것이다. 사랑과 증오는 매우 가까운 감정이다. 아니, 한 대상에게 동시에 느낄 수도 있다. 둘 다 매우 뜨거운 감정이다. 어떤 사건이 벌어지거나 위협이 다가오면 사랑은 한순간 열정적인 분노로 돌변한다.

《아라비안나이트》에 나오는 램프의 요정 지니도 그런 경우다. 램프에 갇혀 바다에 던져진 지니는 천 년 동안 자기를 꺼내 주는 사람을 위해 모든 것을 다 하겠다고 다짐한다. 하지만 천 년이 지나도록 아무도 자신을 꺼내 주지 않자 다음 천 년

동안 꺼내 주는 사람은 보자마자 죽여 버리겠다고 결심한다.

"여자의 한만 무서운 게 아니구나."

"그러게 말이다."

수수께끼가 풀린 느낌이었다.

"이 자식들아. 그렇게 일이 꼬인 거야. 퉤! 이 잘난 놈들아."

병규가 길바닥에 침을 뱉었다.

"하지만 병규야. 지금도 늦지 않았어. 너도 다시 검정고시라도 보고 대학에 가면 되잖아. 너 삐끼 노릇 하고 이렇게 웨이터 해서 그날 벌어서 그날 먹고살면 어떻게 하나? 나도 놀았잖아. 그랬는데 이제는 다큐멘터리 찍는 감독이 되겠다는 꿈을 갖고 있잖아."

"민성이 너도 재수 없어, 자식아. 주먹도 열라 약한 게. 어쩌다 스톤에 들어와 가지고 깝죽대더니 뭐, 감독? 야, 지나가던 개가 웃겠다, 인마."

재석은 자기가 놓친 것이 무엇인지 이제야 알 것 같았다. 병규에게는 상대적인 박탈감이 있었던 것이다. 그런 걸 갖지 말라고 말할 순 없었다. 사람의 마음, 혹은 성격과 관련된 것이기 때문이다.

"그래, 알았어. 그럼 하나만 묻자. 네가 직접 애들 때린 건 아니라고 하니까 그냥 보내 줄게. 우석이 지금 어디 있냐? 그것만 말해."

우석이는 가출해서 며칠째 연락이 안 되는 상태다. 보경여
고의 수경이도 가출했으니 사건의 핵심인물이 모두 사라져
버린 것이다.

"너 지금 나한테 불라는 거냐? 친구를 팔아먹으라는 거야?"

"친구 팔아먹으라는 게 아니라 너 우석이랑 친구라며? 넌
친구가 학교 잘려서 떠돌다가 경찰에 체포되고 소년원이라
도 가면 좋겠냐? 지금이라도 자기가 잘못한 게 있으면 벌을
받아야지. 용서받을 건 받고 학교로 돌아가야 되지 않겠냐?"

병규가 사정을 잘 안다는 듯 말했다.

"우석이는 이미 정학 먹었고, 이번에 잡히면 전학이거나 잘
리거나 둘 중 하나야."

"그걸 알면 잘릴 짓을 하지 말았어야지. 그리고 지금 이 시
점에 집을 나간다고 안 잘리냐? 너는 동창이라며, 수경이 생
각은 안 하냐? 이렇게 시간만 보낸다고 해결될 일이 아니야.
자수하고 잘못 인정하면 학교는 잘리지 않도록 내가 도와줄
게. 수경이랑 네가 친구라면 이렇게 숨길 게 아니라 자수할
수 있도록 도와야지."

재석은 끈질기게 병규를 설득했다. 그 누구도 아닌 한때 불
량서클에서 같이 주먹을 휘두른 사이이기에 전우애 비슷한

것을 담은 말은 설득력이 있었다.

"병규야, 너는 이미 학교 관뒀잖아. 관둬 보니까 편하냐?"

"……."

대답이 없었다.

"나도 한때 학교 관두고 싶었어. 적성에도 안 맞고 공부도 어렵고. 지금은 내가 성적은 못 따라 가지만 아이들하고 같이 야자 하고 있으면 얼마나 행복한 줄 아냐? 이거 시간 지나면 다시는 못할 일이잖아. 그래서 난 야자 열심히 하려고 해. 비록 책 읽고 글이나 끼적이는 거지만."

"흑흑!"

그 순간 민성과 재석은 깜짝 놀랐다. 병규의 눈에서 뜨거운 눈물이 흘렀기 때문이다.

"흑흑! 새끼들 니들은 행복해서 좋겠다, 젠장!"

순간 재석은 가슴이 뭉클해졌다. 학교 밖을 떠돌지만 병규 역시도 학교에서 보호를 받으며 공부하고 아이들과 함께 지냈던 시절이 행복했다는 걸 알고 있었던 것이다. 뚝뚝 떨어지는 눈물을 주먹으로 닦는 병규를 보자 두 아이의 눈가도 촉촉하게 젖었다.

"울지 마라. 병규야. 아직도 안 늦었어. 이런 생활 하지 마. 너 쌍날파에 속해 있지? 더 깊어지기 전에 얼른 나와."

"자식아, 내가 어떻게 나오냐? 거기서."

"방법을 찾아봐. 내가 좋은 멘토도 소개할게. 검정고시라도 봐. 참고서랑 문제집은 내가 얻어다 줄게. 그거 조금만 노력하면 된댔어."

울먹이는 병규의 등을 재석이 쓰다듬어 주었다. 그 흐느낌 안에는 학교를 관두고 사회에 나가서 겪은 아직 어린 청소년의 슬픔이 배어 있었다.

"병규야. 너도 우리랑 같이 알바 하자. 우리 지금 뷔페식당에서 알바 하는데 나름 벌이도 괜찮아. 나이트 삐끼 같은 거 하지 마."

민성도 위로를 했다. 병규의 흐느낌이 잦아들 때까지 두 아이는 말없이 병규의 등을 쓰다듬어 주었다. 인간은 추한 동시에 아름다운 존재라고 했다. 병규가 어두운 곳에 살면서도 마음으로는 항상 밝은 곳을 갈구했다는 걸 재석과 민성은 알고 있었다. 그렇게 해서 병규는 새 출발을 해 보겠다고 결심했고 두 아이는 병규가 이번 사건과 직접적인 관계가 없다는 것을 확인하고 그냥 놓아 주었다.

그날 밤 우석이가 숨어 있는 장소의 주소가 재석의 휴대전화에 찍혔다.

사촌형이 쓰던 승리 고시텔.

그 형 어학연수로 외국 가서

우석이가 지금 거기 있다.

202호.

우석이가 숨어 있는 곳을 알아낸 재석은 우석을 만나러 토
요일에 혼자 갔었다. 하지만 고시텔은 비어 있었다. 아무리
문을 두들겨도 열리지 않는 바람에 그냥 돌아올 수밖에 없
었다.

오늘 또 가 보려고 하는데 자초지종을 들은 민성이 달라붙
었다.

"그 고시텔에 가려는 거지?"

"응. 우석이 녀석을 만나야 수경이가 어디 있는지 알 거 아
냐? 그리고 우석이 녀석 끌고 가야지, 경찰서로."

"야! 위험하잖아. 내가 같이 가 줄게."

"위험하니까 나 혼자 가려는 거야."

"야, 자식아. 너 암바 걸려서 병규한테 팔 부러질 뻔했을 때
구해 준 게 누구냐? 너 혼자는 2퍼센트 부족해, 인마. 내가 나
서서 마무리를 지어 줘야지!"

재석은 민성이까지 이 일에 끌어들이기가 미안했지만 한편

으로는 민성이가 동행해 준다니 고마웠다.

"고맙다, 고마워. 아이고, 너 때문에 내가 장수하겠다."

"장수하면 나한테 큰절이라도 한번 해."

"에라이, 큰절한다, 인마. 히히!"

꿀밤을 한 대 먹이려 하자 민성은 재빨리 피했다.

두 아이가 승리 고시텔에 도착한 것은 밤 11시가 가까운 시간이었다. 고시텔 여기저기에 불이 켜져 있었다. 고시텔 건물은 길가에 있는 오래된 사무실 건물이었는데 누군가 인수해서 고시텔로 개조한 듯했다. 1층에는 식당과 편의점이 있었다. 세탁소도 있었다. 아마 고시텔에 있는 사람들이 자주 이용하는 듯했다. 2, 3, 4층은 사무실 창을 다 벽돌로 막고 조그맣게 한 개의 창만 뚫어 놓았는데, 얼핏 봐도 현대판 벌집이었다. 건물 가운데 복도를 내고 다닥다닥 작은 방들을 만들어 놓은 고시텔. 그곳에서 사람들은 하루살이 인생을 산다. 밖에서 바라보니 202호 불은 꺼져 있었지만 재석은 일단 올라가 보기로 했다.

둘은 소리 내지 않고 올라가 202호로 다가갔다. 조용히 손잡이를 돌려 봤지만 문은 잠겨 있었다. 복도에는 다 먹고 내놓은 그릇이 여기저기 지뢰처럼 널려 있었다.

"사람들이 많이 시켜 먹는 모양이야."

"응."

"문 두들겨 봐."

문을 몇 번 두들겼지만 안에선 아무 소리도 나지 않았다.

"올 때까지 기다려 볼래?"

"12시까지만 기다려 보자."

"그래."

두 아이는 고시텔에서 나와 번화한 밤거리 한쪽에 쪼그리고 앉았다. 편의점에서 초콜릿을 사다가 둘은 나눠 먹었다.

"야, 여자들은 스트레스 받으면 초콜릿을 먹는대."

"글쎄 말이야. 이거 무슨 맛으로 먹지? 달기만 한데."

"당분이 몸에 들어가면 뇌에서 화학성분이 나와서 기분이 좋아지는 모양이야. 그래서 스트레스가 풀린다나 봐."

"스트레스 풀려고 이거 먹다가 살쪄서 또 스트레스 받는 게 여자들 아니냐?"

"맞아, 맞아. 킥킥!"

둘은 시시덕대며 넋 놓고 깊어 가는 일요일 밤을 느꼈다. 일요일 밤은 토요일 밤과 달랐다. 토요일 밤은 시간이 갈수록 열기가 뜨거워지지만 일요일은 아무래도 다가올 월요일 때문인지 열기가 가라앉았다. 길가 여기저기에는 노점상들이 작은 트럭에서 뭔가를 팔고 있었고 고시텔에는 사람들이 수시로 드나들었다. 아무리 초라하다 해도 고시텔 역시 보금자리로서의 기능을 다하고 있었다.

11시 15분쯤 되었을 때였다. 저만치 어둠 속에서 비틀거리는 걸음으로 두 남녀가 걸어오는 것이 보였다. 술 취한 커플인 줄 알고 무심히 보던 민성이 갑자기 눈을 반짝였다.

"재석아! 저기."

"어디?"

상가 불빛을 받으며 걸어오는 녀석은 우석이가 맞았다. 그런데 우석이 옆에는 여자아이가 하나 서 있었다.

"쟨 누구지?"

"몰라, 처음 보는 앤데."

"여자랑 함께 있잖아? 이거 곤란한데."

"야, 너 저기 도망가지 못하게 뒤쪽을 막아. 내가 가서 얘기해 볼게."

비틀거리며 걸어오는 우석은 사복을 입고 있었고, 어른인 척했지만 얼굴에 난 여드름은 가릴 수가 없었다. 같이 있는 여자애도 딱 보니 또래 여고생이었다. 갸름한 얼굴이 어쩐지 낯익었지만 어디서 만난 아이인지 알 수가 없었다.

재석은 두 사람 앞으로 천천히 걸어가며 낮은 목소리로 이름을 불렀다.

"야. 최우석!"

그 순간 우석은 비틀거리던 걸음을 딱 멈췄다.

"누구야? 이 새끼! 너 재석이 아니야?"

재석을 알아본 녀석은 대뜸 욕부터 날렸다.

"가자, 너."

"어딜 가, 이 자식아! 네가 형사냐?"

혀 꼬부라진 소리로 우석이 말했다.

"너 채린이랑 애들 두들겨 팼잖아. 그리고 보담이까지. 보담이는 얼굴에 상처까지 났어. 그리고 채린이는 팔이 복합골절이라서 쇠 박아야 돼, 인마. 일라이자 애들이 채린이 다구리 놓는 거 네가 뒤에서 봐줬지?"

그 순간 옆에 있던 여자아이가 찢어질 듯한 소리로 외쳤다.

"너 재수 없는 황재석 이 새끼!"

그 순간 재석은 옆에 선 여자아이가 누구인지 기억났다. 놀이터에서 채린이를 두들겨 패던 일라이자의 수경이었다. 이렇게 같은 자리에서 만날 거라고는 미처 생각하지 못했다.

"너구나, 일라이자 수경이. 너도 같이 가자. 너희 둘 다."

다가가서 재석은 한 손으로 우석이를 다른 한 손으로는 수경이 팔뚝을 꽉 잡았다. 이대로 끌고 갈 생각이었다. 그런데 순간 우석이 번개같이 손을 잡아 뜯더니 재석의 멱살을 잡았다.

"그래, 이 자식아. 내가 그랬어. 채린이 그년이 내 맘도 몰라 주고 너 같은 놈한테 빠져 지내니까 혼내 주기로 한 거지. 남자의 마음을 몰라 주면 나도 가만 안 있지."

재석은 병규의 말대로 오랜 구애에도 보답받지 못한 우석의 마음이 증오로 돌변했다는 걸 알았다. 일방적인 면박과 무시가 우석을 괴물로 만든 것이다.

"우석이는 이제 나랑 사귀어. 채린이 그년은 혼나야 돼."

수경이가 옆에서 길길이 뛰면서 소리를 질렀다. 우석의 마음이 변하자 채린은 공동의 적이 되어 버렸다.

"이 자식아. 여자한테 차였다고 사내새끼가 한때 좋아했던 여자를 그렇게 다치게 놔두냐? 그럴 거면 인마, 불알 떼서 개나 줘."

"뭐? 이게 보자 보자 하니까."

멱살을 잡고 있던 우석은 그대로 뒤로 돌면서 자기 등을 들이밀더니 업어치기로 재석을 허공에 집어 던졌다.

"어억!"

재석은 불시에 일격을 당해 땅바닥에 나뒹굴었다. 유도부 주장답게 우석의 업어치기는 전광석화와 같았다. 탁월한 운동신경 덕에 발과 팔이 먼저 땅에 닿았지만 충격은 컸다. 등으로 떨어졌으면 그대로 정신을 잃었을 것이다. 우석은 아직 일어나지 못하는 재석에게 다가와 양쪽 어깨의 옷깃을 X자로 잡은 뒤 사정없이 조였다. 십자조르기였다. 숨이 막혀 오는 재석에게 올라탄 우석은 말했다.

"이 자식아. 너는 내가 손 한번 본다고 그랬지? 오늘 잘 걸렸어."

우석의 입에서 나는 술 냄새가 역했다. 버둥대던 재석은 우석을 떼어 내고 바로 일어나 우석이 옆구리에 니킥을 날렸다.

"허억!"

우석이 저만치 나뒹구는 것을 보며 재석은 잠시 숨을 골랐다. 조르기 때문에 달라붙었던 기관지가 쉽게 떨어지지 않아 숨을 잘 쉴 수 없었다.

"콜록 콜록!"

기침을 몇 번 한 뒤 다가간 재석은 일어나려는 우석의 등짝에 발길질을 했다. 로우킥이 제대로 한 방 들어갔다.

"윽!"

유도하는 녀석들은 타격전에 약하다는 것을 재석은 잘 알고 있었다.

"너 유도부 주장이라고? 어디 한번 붙어 봐."

재석은 녀석의 멱살을 잡아 일으켜 세웠다. 그러자 우석은 술 취한 중에도 본능적으로 다시 재석의 멱살을 잡으려 했다. 들소처럼 달려들어 밀어붙이려는 걸 재석은 살짝 피하며 녀석의 무게가 실린 오금에 강력한 로우킥을 날렸다.

"악!"

다리가 접히면서 우석은 제풀에 저만치 나뒹굴었다.

"일어나! 이건 보담이 거다."

육중한 우석의 몸을 일으켜 세운 뒤 재석은 강력한 라이트 스트레이트를 녀석의 볼따구니에 꽂아 넣었다. 연이어 레프트훅에 라이트훅이 작렬했다.

"이건 향금이, 이건 채린이 거."

"악! 윽!"

타격이 가해질 때마다 우석은 비명을 지르면서도 어떻게든 재석을 두 손으로 잡으려고 팔을 허우적거렸다. 걸리면 밭다리나 안다리를 걸어서 내던질 게 뻔했다. 업어치기로 불의의 일격을 당해서 아직 왼쪽 엉덩이가 얼얼한 재석이었다. 옆에서 지켜보던 수경이는 술 취한 목소리로 있는 대로 욕을 해 댔다.

"재석이, 야 이 자식아! 나쁜 놈아! 죽어 버려. 지옥에나 가!"

그때 민성이 다가와 떠들고 있는 수경이의 팔뚝을 잡았다.

"시끄럽게 떠들지 마라. 혼나기 전에."

"넌 누구야! 때려 봐! 이 멍청아."

이때 고시텔 앞에 재미있는 광경이 벌어졌다고 생각한 사람들이 하나둘 몰려왔다. 우석을 흠씬 두들기는 재석과 수경의 팔뚝을 꽉 잡고 겁을 주는 민성이 주연이었다. 우석은 입술이 터져서 피가 흘렀고 체력도 거의 떨어진 참이었다. 그 순간이었다.

"악!"

수경을 붙잡고 있던 민성이 비명을 질렀다. 수경이 민성의 손을 물어뜯은 것이다.

"아, 아파! 이 계집애가!"

물린 손을 감싸 쥐고 민성이 팔짝팔짝 뛰는 동안 수경은 도망을 쳤다. 여자아이였지만 뜀박질이 빨랐다. 재석은 수경을 놓치면 안 된다는 생각이 들었다. 채린이를 두들겨 패고 보담이와 향금이까지 다치게 한 중심인물이 바로 수경이였기 때문이다.

"민성아, 우석이 잡고 있어. 너 거기 안 서?"

재석이 달려가 필사적으로 뛰어가는 수경의 어깨를 잡는 순간 수경은 도망치려고 붙잡힌 겉옷을 벗어 던졌다. 속에서 고등학생답지 않은 배꼽티가 보였다. 재석은 순간 당황했지만 겉옷을 손에 쥔 채 그대로 쫓아가 수경의 허리를 잡아챘다.

"아악! 이거 안 놔? 놔! 안 놔! 이 미친놈이! 이거 성추행이야!"

수경이 발버둥치자 재석은 할 수 없이 팔을 등 뒤로 비틀어 제압했다.

"그래 봐야 소용없어, 얌전히 있어."

딱 비틀어 팔을 잡자 수경은 그대로 고꾸라졌다.

"아야! 아프단 말이야. 이거 안 놔!"

"너 경찰서로 가야 돼. 너 때문에 맞은 애들이 얼마나 힘든지 알아?"

재석은 가쁜 숨을 몰아쉬며 수경을 끌고 다시 우석이 있는 곳으로 돌아왔다. 반항하는 수경을 끌고 가려면 아무래도 경찰에 신고를 해야만 했다. 한 손으로 수경의 팔을 뒤로 꺾어 잡고 나머지 한 손으로 112에 전화를 걸었다. 이내 경찰이 전화를 받았다.

"저기요, 금안여고생 폭행범 지금 여기 잡아 놨거든요. 여기 마릉동 승리 고시텔 앞이에요. 여기 와서 좀 도와주세요."

경찰은 곧 달려올 것 같았다. 그러나 정신을 차리고 보니 우석은 어디로 갔는지 사라지고 없었고 민성이 코에서 피를 흘리며 쓰러져 있었다.

"야, 너 어떻게 된 거야?"

"몰라. 우석이 녀석이 일어나더니 냅다 주먹으로 갈겼어. 아, 내 눈 어떻게 됐나 봐."

그러고 보니 민성의 눈가도 찢어져 피가 범벅이었다.

"야, 인마! 잘 잡고 있었어야지. 너 애 좀 잡아 봐. 우석이 그 자식 어디로 갔어?"

"저쪽으로."

우석은 노점상들이 잔뜩 자리를 잡고 물건을 팔고 있는 복잡한 쪽으로 갔다고 했다.

"잘 잡고 있어."

"응. 알았어."

피가 흐르는 얼굴로 민성은 수경을 꽉 붙들었다. 술에 취한 데다 소리 지르고 앙탈 부리느라 탈진했는지 수경은 반항하지 못하고 숨만 거칠게 내쉬며 두 아이를 살쾡이처럼 쏘아보았다. 재석은 허둥지둥 번화가를 따라 우석을 찾아 내달렸다. 술에 취했기 때문에 멀리 가지는 못했을 것이라는 생각이 들었다. 비좁은 길을 헤매 다니는데 어디에 숨었는지 알 수가 없었다. 덩치는 커다란 놈이 연기처럼 사라졌다.

"아, 이게. 최우석! 어디 있어? 최우석! 잡히면 죽는다, 너."

허공에 대고 마구 소리 지르고 있을 때였다. 저만치 포장마

차 옆에서 중년 남자의 고함이 들렸다.

"야! 안 서? 서!"

고개를 돌려 보았다. 갑자기 전조등을 눈부시게 켠 택시 한 대가 미친 듯이 길가의 노점들을 어지럽게 박으면서 달려오는 모습이 보였다.

"어?"

택시는 급발진이라도 한 것처럼 재석을 향해 돌진해 들어왔다. 피하려고 몸을 빼는 순간 재석은 택시의 앞 범퍼에 받쳐서 저만치 튕겨 나갔다.

"아악!"

정신을 잃기 직전 운전석을 바라보니 그 안에서 핸들을 잡고 있는 것은 바로 우석이었다. 세상이 슬로우비디오처럼 빙그르르 돌더니 그대로 멈췄다가 어두워졌다. 멀리서 경찰차가 출동하는 소리가 희미하게 들렸다.

모두 다 아름답다

응급실로 옮겨진 재석은 다리 한쪽에 붕대를 칭칭 감고 있었다. 의식이 돌아온 재석이 눈을 떠 보니 옆 자리에는 눈가에 드레싱을 두툼하게 한 민성이 누워서 휴대전화로 누군가와 수다를 떨고 있었다.

"야, 그 자식이 그렇게 차로 들이밀 줄 누가 알았어? 정말 어이가 없더라구."

입이 근질근질해서 무용담을 누군가에게 떠벌리고 있는 게 분명했다.

재석과 민성이 동시에 병원 신세를 진 건 이번이 처음이었다.

옆에는 경찰관과 구급대원들이 있었다.

"학생, 괜찮아?"

구급대원인지 경찰인지 분간할 수도 없는데 누군가 물었다.

"네, 괜찮아요. 여긴 어떻게."

그때 민성이 고개를 돌리더니 말했다.

"재석아, 살아났구나."

큰일이 나긴 난 것 같았다.

"야, 어떻게 된 거야?"

"너 인마. 우석이가 차로 널 받아 버렸잖아."

"그, 그 기억은 나는데. 수경이랑 그 자식은?"

"다 잡혀 갔어. 여기 지금 병원이야. 너 인마, 다리 부러졌대."

"다리? 아, 씨!"

다리를 내려다보니 허벅지까지 압박붕대로 칭칭 감아 놨지만 통증은 느껴지지 않았다. 다리가 어떤가 보려고 힘을 주니 민성이 펄쩍 뛰었다.

"야, 움직이지 마!"

자조지종을 들어 보니 이러했다. 수경이를 잡아서 끌고 가는 걸 보고 우석은 분노가 폭발했다. 주먹으로는 재석을 이길 수 없을 것 같으니 녀석은 이제 막 손님을 내려 준 택시기사를 끌어내리고 그 자리에 올라탄 거였다. 오로지 재석을 혼내 주겠다는 마음뿐이었다. 그러고 그 택시를 몰고 노점들이 있는 거리를 다 헤집으며 재석을 차로 받아 버린 것이었다.

"너 차에 치인 것치고는 정말 조금 다친 거래. 대퇴부 골절! 히히!"

"그래? 그나저나 어떻게 하지? 소설도 써야 하고 알바도 해야 되는데."

"야, 인마! 지금 그게 문제야? 죽을 뻔했는데?"

잠시 후 엄마가 뛰어왔다. 의사 선생을 만나서 다른 데는 이상 없고 다리만 부러졌을 뿐이라는 말을 듣고 울면서 재석을 나무랐다.

"재석아, 이제 좀 고만 해라. 제발. 엄마 간 떨려서 어디 살겠니? 어떻게 넌 만날 병원 신세니?"

"엄마, 나도 왜 이렇게 된 건지 모르겠어요."

재석도 답답했다. 다행히 의사는 별것 아닌 듯 말했다.

"단순 골절이야. 젊으니까 한 5주만 깁스 하고 있으면 뼈 붙을 거야. 그때까지는 목발 짚고 다녀."

부기가 가라앉으면 깁스를 하고 2, 3일 내로 퇴원할 수 있다고 했다. 민성이는 눈가에 찰과상을 입고 멍이 들었고 어지럽다고 했다.

"야! 넌 뇌진탕 일어난 거 아니냐?"

CT 촬영 결과 민성이도 눈 주위의 상처 이외에는 별다른 이상이 없었지만 하루 정도는 경과를 봐야 한다고 해서 두 아이는 같은 병실에 입원했다.

다음 날 오후부터 문병 오는 사람들이 줄을 이었다. 소식을 들은 보담과 향금이 한달음에 달려왔다.

"또 입원이야? 너희들 정말 왜 이러니?"

향금이 한숨을 푹 내쉬었다.

"야, 어떻게 하겠냐? 차가 와서 치는데."

"정의의 사도 노릇 좀 그만해."

재석은 허공에 다리를 매달아 놓은 채 누워 있었다. 보담은 걱정스럽게 물었다.

"재석아, 많이 아파?"

"아니야. 괜찮아."

보담도 얼굴의 상처가 아물지 않아 반창고를 붙이고 있는데 재석까지 다리에 깁스를 하고 있자니, 정말 서로의 얼굴을 보면 웃을 수도 울 수도 없는 상황이었다.

하지만 보담은 이미 재석의 성격을 알고 있었다. 불의를 보면 참지 못하는 성격. 그러다 보니 이렇게 가끔 다친다는 것도 알았다. 야자도 빼먹고 온 보담은 오래도록 곁에 있어 주었다. 수다를 떨다가 지친 민성과 향금이 잠시 휴게실에 갔을 때 보담은 재석의 얼굴을 쓰다듬어 주었다.

"재석아. 너 나 때문에 거기까지 간 거지? 나 다친 거 때문에 복수한다고."

"아니야. 복수 같은 거 아니야. 우선 그 애들을 찾아야 문제가 해결되니까. 마침 병규한테 우석이가 어디 있는지 들었으니까 잡아 와야지."

"재석아, 의사 선생님이 그러시는데 나 이거 상처 다 아물면 흉터는 거의 안 남을 거랬어. 괜찮대."

"그렇지만 여자 얼굴에 그렇게 상처가 나서 어쩌냐."

"괜찮아. 살다 보면 그럴 수도 있지, 뭐. 화장 잘하면 되지. 나는 아무 상관없어. 오히려 나한테 멋진 스토리가 하나 생겼잖아. 나는 그렇게 생각하기로 했어."

재석은 감동을 받았다.

"보담아, 너는 참 긍정적이구나."

"고마워, 재석아. 나를 위해 이렇게 애쓰는 사람이 이 세상에 있다는 게 너무 좋아."

보담은 살짝 눈물을 보였다. 재석은 갑자기 얼굴이 붉어졌다. 분위기가 숙연했다. 그때였다. 보담이 뭔가 결심한 듯 갑자기 입술을 재석의 입술에 갖다 댔다. 순간 재석은 감전이라도 된 것 같았다. 온몸이 찌릿찌릿했다. 부드럽고 촉촉한 보담의 입술은 꽃에 앉은 나비 같았다. 보담은 이내 얼굴을 붉히고 고개를 돌렸다.

그때 마침 문을 열고 들어온 민성과 향금은 낌새를 바로 눈치 챘다.

"야! 너희들 뭐했어?"

"하, 하긴 뭘 해? 아, 아무것도 안 했어. 얘기했지."

재석이 더듬대며 해명하는 게 더 수상해 보였다.

"아닌데! 얼굴 보니까 너희들 이상한 짓 했지?"

민성이 재미있어 죽겠다는 듯 놀려 댔다.

"야, 시끄러워! 인마, 저리가."

"어쭈, 얌전한 고양이가 부뚜막에 먼저 올라간다더니."

킬킬 웃으면서 향금이가 민성의 등을 북처럼 치며 말했다.

"너는 뭐해? 너도 분위기 좀 잡아 봐."

"아이고! 아줌마 왜 이러세요? 살려 주세요!"

민성이 싹싹 비는 것처럼 익살을 떨었다. 그래서 네 아이는 깔깔 웃었다.

그런데 잠시 뒤 병실 문이 열리고 채린이 나타났다. 깁스한 팔을 팔걸이로 목에 걸고 있었다. 다치지 않은 쪽 손에는 작은 선물 상자가 들려 있었다. 초록색 깁스에는 친구들의 사인이 어지럽게 장식되어 있었다. 채린의 얼굴은 옛날과 달리 환하게 변해 있었다. 재석은 채린을 보자 당황했다. 이런 장소에 또 나타나 무슨 분란을 일으킬지 몰라서였다.

"오빠, 저 문병 왔어요."

"……."

병실에 정적이 감돌았다.

"야! 환자가 문병 오냐?"

그때 민성이 나서면서 옆에서 웃었다.

"언니들도 다 와 계시네요."

"응, 어서 와."

보담이 채린을 다정하게 맞아 주었다.

"야, 너희들 왜 이렇게 친해졌냐?"

"응. 채린이 이야기 듣고 우리 친한 언니, 동생 하기로 했어."

"맞아요. 나 보담 언니하고 친하게 지낼 거예요. 난 언니도 없어서 보담 언니를 언니 삼기로 했어요. 은지 언니하고도 친구잖아요."

"그래, 잘했네."

"오빠, 우석이 오빠 잡느라 다쳤다면서요."

"응. 조금."

"이건 제 선물이에요."

"뭔데?"

"풀어 보세요. 엄마도 선물 사는 데 보탰어요."

상자를 열어 보니 거기엔 최신형 노트북 컴퓨터가 들어 있었다.

"아니, 이건 너무 거하잖아. 난 이런 거 못 받아."

"아니에요. 안에 제가 쓴 편지도 들어 있어요. 꼭 받아 주세요, 오빠. 나 때문에 다치고, 절 괴롭히던 사람들을 잡느라 애썼잖아요. 이렇게라도 보답하게 해 주세요."

재석은 편지를 읽을 수가 없었다. 사고의 여파로 어지러워 글씨가 겹쳐 보였기 때문이다.

"잘 못 읽겠어. 어지러워."

"그럼 내가 읽을까?"

향금이 채린이의 눈치를 살폈다. 혹시나 은밀한 내용이 있으면 채린이 원치 않을 것 같았기 때문이다. 그러자 채린이 살짝 얼굴을 붉히며 고개를 끄덕였다. 다 같이 들어도 좋은 내용이라는 뜻이었다. 향금은 목을 몇 번 가다듬더니 낭랑한 목소리로 채린의 편지를 읽기 시작했다.

재석 오빠. 고마워요.

오빠 때문에 저는 새로운 세상을 알게 되었어요.

그전까지 저는 오로지 이 세상에서 예쁨 받고

원하는 것을 얻으려면 예쁜 여자가 되어야 한다는

잘못된 생각을 갖고 살았어요.

엄마는 항상 저에게 예뻐져야 된다고 했고.

엄마는 나에게 넘을 수 없는 벽이었어요.

내가 부족하다는 것을 알기에

내 안에 온통 못난이 콤플렉스가 가득했던 것 같아요.

그 콤플렉스 때문에 남들 앞에서 더 잘난 척하고

많은 사람들에게 미움을 샀던 것 같아요.

하지만 오빠를 만난 뒤에

이 세상에는 좋은 사람도 많다는 것을 알았고

그 사람들과 함께하고 싶다는 생각이 들었어요.

오빠, 나 때문에 이번에 다치기까지 해서 미안해요.

이 컴퓨터는 엄마와 제가 준비한 선물이에요.

쓰실 때마다 오빠에게는 응원하는 많은 후배들과

친구들이 있다는 걸 잊지 말아 주시고

꼭 좋은 작품 써 주세요.

저도 앞으로는 제 꿈을 향해 달려갈 거예요.

전 공부 좀 더 열심히 해서 소아정신과 의사가 될 거예요.

그래서 정신적으로 문제가 있는 아이들을 치료해 주고

위로해 주는 사람이 되겠어요.

오빠 덕분에 민성이 오빠랑 보담이 언니, 향금이 언니를 알게 되어

더욱 기뻐요.

고마워요. 오빠.

어서 건강 찾으세요.

"채린아……."

보담이 먼저 이름을 부르며 다가가 채린을 꼭 안아 주었다.

향금도 다가가 채린을 쓰다듬어 주었다.

"새로운 꿈이 생겼구나. 잘됐다. 공부하다 모르는 거 있으면 언제든지 물어봐, 알았지?"

"네, 언니."

재석은 쑥스러웠다. 자신을 중심으로 좋은 일이 벌어지는 것이 느껴졌기 때문이다. 그때 문자가 왔다. 박태원 선배였다.

재석이 많이 다쳤다며?
듣자 하니 뭐 여자 위해서
활극을 벌이다 다친 거라고?
하하하, 녀석 멋있다.
너 이번 내 작품에 등장하니까 봐.

"야! 웹툰 얼짱신화에 내가 나온대!"

"그래? 어디 한번 보자, 보자."

민성이 재석이의 새 노트북을 가동도 할 겸 부팅한 다음 와 이파이를 연결해 웹툰을 찾아 들어갔다. 웹툰에 멋있는 고교 생 하나가 등장했다.

　　– 뚜둥!

　　– 너희들 내 이름 안 들어 봤냐? 내가 바로 까칠한 재석이다.

"꺄!"

병실에 있는 아이들은 모두 비명을 질렀다. 손발이 오글거 린다며 여자애들은 어쩔 줄 몰라 했다.

"와! 이렇게 잘생겼어?"

"이게 재석이라고? 말도 안 돼!"

"이건 테러야!"

232

그러면서 아이들은 스크롤을 하며 웹툰을 끝까지 읽어 내려갔다. 민성은 배가 아파서 죽으려고 했다.

"아! 박 선배님이 왜 나는 안 넣어 준 거야."

"보담이랑 향금이, 민성이 너희들도 곧 다 나올 거야."

재석은 사실 메일로 주위 친구들의 성격과 외모, 그리고 사진 등등을 박태원에게 소재로 제공했는데 그것이 웹툰으로 나오기 시작한 거였다. 주변에 있는 재석이가 이렇게 웹툰의 주요 인물까지 되는 걸 보며 아이들은 너무 신기하고 재미있어 했다.

그날 저녁 부라퀴도 다녀갔다. 부라퀴는 위로의 말을 해 준 뒤 재석에게 한마디 했다.

"저 목발 네가 짚어야 되는 거냐?"

"네."

반짝이는 새 목발이 침대 옆에 기대어 있었다.

"녀석, 너도 장애인 체험을 해 보는구나. 임시 장애인이라는 게 얼마나 행복한지 깨달아 보도록 해라."

그 말은 맞았다. 재석은 한두 달만 불편하면 되지만, 평생 장애인으로 살아야 할 사람들을 생각하면 안쓰러운 마음이 들었다.

"정말 불편해요. 화장실 가는 것부터가 힘들어요."

"매일 그렇게 사는 사람도 있다. 녀석, 감사한 마음으로 건강하게 살겠다고 생각해라."

"네. 알았어요. 할아버지."

전날 퇴원한 민성은 다음 날 찾아와 말했다.

"알바는 이제 하기 힘들다고 말했어. 매니저님이 일한 거 송금했대. 통장 확인해 보니 한 백만 원 정도 되더라. 너도 나랑 같을 거야."

"그래? 나도 통장에 돈 들어왔겠네. 그나저나 우석이랑 수경이는 어떻게 됐냐?"

그들 소식은 결코 밝지 않았다. 우석과 수경은 조사 후 입건됐다고 한다. 학교폭력 사범 시범 케이스로 걸린 것이었다. 게다가 우석은 무면허 음주운전에 차량갈취에 살인미수로 형사입건되었다. 한순간의 잘못된 행동으로 벌의 무게가 훨씬 무거워진 것이다.

"야, 두 아이 다 퇴학당할 거 같아."

"그렇지?"

"응. 우석이는 어렵게 됐어. 일라이자 애들도 다 걸렸고, 수경이가 짱이라고 시범 케이스야. 그 수경이네 오빠가 합의하러 다닌다고 그러더라고. 피해자들한테."

"그래?"

"응. 채린이한테도 갔었다는데 채린이가 생각 좀 해 보겠다고 그랬대."

"그랬구나."

그렇게 이야기 나눌 때 병실 문이 열렸다. 병실 안으로 들어온 것은 뜻밖에도 준오였다.

"어, 형? 저 문병하러 오신 거예요?"

반가운 마음에 인사를 했다. 하지만 어떻게 알고 왔는지 고개가 갸우뚱해지는 재석과 민성이었다. 그런데 준오의 얼굴은 문병 온 사람의 그것이 아니었다. 창백했다. 가난하고 고단했지만 항상 밝은 미소를 띠던 그 얼굴이 아니었다. 그는 병실에 들어오자마자 재석과 민성을 보고 무릎을 꿇었다.

"재석아, 살려 줘라."

"네? 형, 무슨 일이에요?"

두 아이는 서로의 얼굴을 마주 보았다.

"재석아, 용서해라. 내 동생의 잘못을."

"무슨 말씀이세요?"

"수경이가 사실은 내 동생이야."

"네?"

놀라운 사실이었다.

"그러면 할머니하고 같이 산다는 그 여동생이 수경이예요?"

"그래. 내가 동생을 잘못 키워서 너한테 이런 일이 벌어졌다. 용서해라."

두 아이는 갑자기 혼란스러워졌다. 이런 경우는 꿈에도 생각지 못했다. 그러고 보니 갸름하면서 선명한 이목구비가 비슷했다.

"그러고 보니 얼굴이 닮은 것 같기도 하네요."

"수경이가 갑자기 가출을 해서 할머니가 울고불고 하시다가 쓰러져서 병원에 입원해 있어. 용서해 줘. 경찰이 합의하고 오라고 하더라. 너 다리 부러진 것, 내가 병원비랑 다 낼테니까 용서해 줘. 어떻게 내가 할 말이 없구나. 동생을 잘못 키워서. 내가 알바 하면서 그동안 어떻게든 살아 보려고 했는데 애가 이렇게 삐뚤어질 줄은 정말 몰랐어."

자초지종을 들어 보니 수경이는 제법 공부를 잘했는데 점점 성적이 떨어지더니 언제부턴가 공부에 도통 관심을 안 보이더라는 거였다. 준오는 이 이야기를 하면서 씁쓸해 했다.

"나는 혼자 공부하고도 대학에 갔거든. 의지만 있으면 되는 줄 알았는데 여자애다 보니까 나랑은 좀 달랐던 것 같아. 꾸미고 만지고 하느라 시간 뺏기니까 성적이 떨어지더라고. 몇 번 야단도 쳤는데 사춘기라 그런지 그게 오히려 역효과를 낸 것 같아. 우리 집안이 이 모양인데 어떻게 마음잡고 공부할 수 있느냐고 하더니 그때부터 엇나가기 시작했어. 아무리 공부를 시키려고 해도 말을 안 듣는 거야. 이상한 애들하고 어울려 다니면서 점점 나쁜 길로 가더니 결국은 이렇게까지 큰 일을 벌일 줄 몰랐다.”

“형, 그럼 합의금은 어떻게 마련하시려고 그래요?”

민성이 말했다.

“그동안 모은 돈 다 합치면 어떻게 되겠지. 지금 셋방 사는 거 보증금 빼고.”

“그러면 어떻게 살아요?”

“시골에 고모님이 사셔. 할머니는 고모님한테 가서 살기로 했고 나는 고시원에 들어가야지, 뭐.”

“수경이는요?”

“학교 잘리면 어차피 걔도 할머니하고 같이 내려 보낼까 생각 중이야. 아, 정말 잘 살아 보려고 했는데. 맘처럼 안 된다.”

눈물을 뚝뚝 흘리는 준오를 보자 재석은 가슴이 찢어질듯이 아팠다. 더 망설일 필요가 없었다.

“형. 합의해 드릴게요. 돈은 필요 없어요. 형이 어떤 사람인지는 제가 알잖아요. 그 돈을 어떻게 벌었는데.”

"고, 고맙다."

재석은 그러면서 잠시 뭔가 생각하다가 결심한 듯 말했다.

"형! 나 알바 한 돈 다 드릴게요. 백만 원쯤 되거든요. 할머니 병원비에 보태세요."

"아니야. 내가 그 돈까지 어떻게 받아."

"아니에요. 그동안 우리 많이 도와주셨잖아요. 저도 부라퀴 할아버지한테 아무 이유 없이 호의를 받아서 여기까지 왔어요. 형이야말로 누군가의 도움을 받을 자격이 충분하다고 생각해요."

그러자 민성도 옆에서 주저하더니 말했다.

"에라! 모르겠다. 형, 저도 일한 돈 다 뽑아서 드릴게요. 할머니 병원비 쓰시고, 합의금에도 보태세요."

재석이 다시 나섰다.

"그리고 합의금은 제가 애들한테 잘 말해 볼게요. 형 사정은 몰랐잖아요. 걔네 부모님들 인정 많은 분들이세요. 아마 배려해 주실 거예요."

"고맙다. 재석아, 민성아. 내가 이렇게 너희들에게 이런 일로 도움을 받을 줄은 몰랐다. 정말 부끄럽다!"

얼굴이 많이 상한 준오의 모습에 재석도 마음이 아팠다.

"형, 수경이도 이번 일을 계기로 많이 뉘우칠 거예요. 저도 그랬거든요."

"고맙다, 재석아. 고맙다, 민성아. 내가 이런 호의를 받을 자격이나 있는지 모르겠다."

"아니에요, 형. 형은 착한 사람이잖아요."

준오는 한결 밝아진 얼굴로 눈물을 닦더니 말했다.

"그래. 하지만 너희들의 돈은 받을 수 없어."

"아니에요, 형. 저는 노트북 사려고 알바 했던 건데 이렇게 떡하니 생겼어요. 그러니까 이 돈은 형한테 주고 싶어요."

"아냐. 그러면 정말 면목이 없을 것 같아. 용서해 주는 것만으로도 큰 은혜라고 생각해. 내가 나중에 수경이 꼭 데리고 올게. 와서 진짜 사과 시킬게."

그 말을 마지막으로 준오는 병실을 나갔다.

병실에는 재석과 민성 둘만 남았다. 잠시 숙연함이 감돌았다.

"민성아, 나 깨달은 게 있어."

"뭔데?"

"내가 읽은 작품들이 있거든. 미인들이 나오는데, 공통점을 드디어 알았어."

"그게 뭐야?"

"하나같이 비극적으로 끝나."

재석은 자신이 소설을 읽다가 메모한 구절이 쓰인 수첩을 보여 주었다. 채린이 선물한 수첩이었다.

스칼렛 오하라는 일단 마음만 먹으면 얻지 못했던 남자가 한 명도 없었다.

"그런 건 모두 내일 타라에 가서 생각하겠어. 그때는 버틸 힘이 생길 테니까. 내일 난 그이를 되찾을 무슨 방법을 생각해 내야지. 어쨌든 내일도 또 다른 하루가 아닌가."

-《바람과 함께 사라지다》

경찰관들은 그녀의 방문을 부수고 안으로 들어갔다. 격투 끝에 경찰관들이 그녀에게 수갑을 채워 가지고 밖으로 나왔다. 그들을 따라 사람들이 우르르 밖으로 나왔다. 경찰들은 그녀를 에워싸고 있는 사람들을 칼집으로 마구 휘둘러서 흩어지게 하였다. 그러나 사람들은 주먹을 휘두르면서 라카치라에게 욕설을 퍼부었다. 그녀는 멸시하는 듯한 눈초리로 그들을 바라볼 뿐 아무 대꾸도 하지 않았다. 그녀의 눈은 만족감으로 빛났다. 경찰들은 그녀를 끌고 뜰 안을 거쳐 죽은 로잘리아의 곁을 지나갔다.

"죽었어요?"

하고 라카치라가 물었다.

"그렇소."

의사가 침통한 목소리로 대답했다.

"하느님, 감사합니다."

그녀는 그렇게 말했다.

　-〈어머니〉

그러고 나서 모든 사실을 알았다. 네나 다콘테는 프랑스에서 제일가는 전문의들의 70시간에 걸친 노력에도 불구하고 1월 9일 밤 7시 10분에 심한 출혈로 숨을 거두었다. 그녀는 마지막 순간까지도 정신을 잃지 않은 채 침착했다.

　-〈눈 속에 흘린 피의 흔적〉

"《바람과 함께 사라지다》봐 봐. 끝에 사랑한 남자들이 떠나 갔는데 스칼렛 오하라는 잡지 못해. 혼자 남겨진 거야. 평범한 삶을 살지 못했어. 그다음 서머셋 모옴의 〈어머니〉에 나오는 로잘리아는 칼 맞아 죽었어. 근데 이 죽은 걸 보고 가해자인 여자는 오히려 죽어서 잘됐다는 거야. 그리고 〈눈 속에 흘린 피의 흔적〉에서도 네나는 죽어 버렸어. 아름다운 여인이었는데 말이야. 내가 봤을 땐 혈우병으로 죽은 것 같아. 피가 멈추지 않았거든. 그리고 무식한 남편은 장례식에도 참석

하지 못해. 이걸 보고 내가 느낀 게 뭔지 알아?"

"몰라."

"단순한 외적 아름다움은 주변 사람들에게 시기와 질투를 불러일으키고, 그것은 결국엔 인간의 추악한 욕망을 건드리지. 무조건 아름다움이 최고라고 단순하게 추종할 일만은 아닌 것 같아."

"그래도 이왕이면 예쁜 게 좋지 않냐?"

"물론 외모가 아름다운 건 좋지. 하지만 그것보다 중요한 것이 있다는 거야. 다른 사람의 아름다움을 부러워하고 그걸 최우선으로 여기다 보면 하나같이 겉모습에만 치중하게 되고, 결국 각자 가진 개성과 내면의 아름다움에 대해서는 생각하지 못하게 돼. 각자가 가진 재능이 아름다움이 될 수도 있는데 말이지. 가령 우리 학교에도 보면 다양한 아이들이 다 아름다운 삶을 살고 있어. 마음씨 고운 아이, 운동 잘하는 아이, 공부 잘하는 아이, 예능에 특별한 재능이 있는 아이. 민성이 너처럼 남을 즐겁게 해 주는 아이……."

"그런데?"

"그런데는 무슨 그런데야. 그런 자기의 아름다움을 찾아야 한다는 거지. 그리고 지금은 그걸 잘 가꾸고 키워야 할 때라는 거지. 세상이 아무리 외모만이 아름다움이라고 강요해도 꿋꿋이 주관을 가져야 해. 많은 사람이 똑같은 미의 기준을 갖고 아름다워지려 하고, 자기 본연의 아름다움은 외면한 채 외모만 가꾸려 하는 건 옳지 않다고 생각해."

민성도 뭔가 깨달음이 오는 듯했다.

"하긴 그래. 나도 향금이가 예뻐서 친한 건 아니야. 나랑 마음이 잘 맞아서거든. 향금이가 약간 푼수 기질이 있지만 그걸로 사람들을 즐겁게 해 주잖아."

"맞아. 나도 처음엔 보담이가 예뻐서 끌렸는데, 이제는 보담이 얼굴보다는 그 반듯한 자세와 자기를 관리하는 모습이 정말 아름답다고 느끼거든. 그리고 이번 사건을 겪으면서 아름다움이란 정말 다양하다는 것을 깨달았어. 준오 형 같은 사람도 열심히 사는 모습이 아름다운 사람이고, 부라퀴 할아버지도 포기하지 않는 집념이 아름다운 분이잖아. 그런데 이런 사실을 모르고 오로지 외모만 가꾸면 모든 문제가 해결된다고 생각하는 건 큰 잘못이야."

"정말 그런 것 같아. 예쁜 탤런트들이나 가수들도 나쁜 일로 구설에 오르고 그러잖아."

"다 같은 이치야. 우리는 그 사람들이 아름다우니까 행실이나 생각도 아름다울 줄 알지만 그렇지 않다는 걸 알게 되면 배신감을 느끼지. 심지어 그들의 아름다움은 조작된 것이잖아."

"맞아. 겉은 멀쩡해도 속으로 호박씨 까는 사람 많지."

"그리고 이번에 확실히 안 게 하나 있어. 지금 우리에게 중요한 건 외모나 돈이 아니야. 바로 시간이야."

"시간?"

"응. 병규가 눈물 흘리던 게 생각나. 자기가 학교 다닐 때는 전혀 고마운 줄 몰랐는데 잘리고 나니 그 순간이 정말 행복했다는 걸 알았다고 하잖아. 나 정말 열심히 할 거야. 노트북도 받았으니까 이걸로 소설 쓸 거야. 지금부터 더 치열하게."

"호! 작가가 되는 걸로 네 아름다움을 활짝 피우려고 하는군!"

"맞아."

"……."

재석의 각오를 들은 민성은 숙연해졌다. 그런 민성을 보자 재석은 갑자기 카메라 생각이 났다.

"근데 너는 카메라 언제 살 거냐?"

"카메라? 괜찮아. 야, 내가 이번에 사건 겪으면서 느낀 게 뭔지 아냐? 영상기술이 중요한 게 아니라, 내용이 중요한 거야. 이번에는 얼짱들의 비극을 주제로 다큐멘터리를 찍을 거야. 내 주변에 예쁜 애들 많잖아. 보담이, 채린이. 걔들 인터뷰 따면 대박일 거야. 으아, 내가 이번에는 반드시 상 받고 말 테다."

"향금이는?"

"향금이?"

"응."

민성이는 혹시 누구 듣는 사람 없는지 주위를 살피고는 말했다.

"향금이가 사실 얼짱은 아니지. 키키키키!"

"그래, 그래."

"근데 채린이가 소개해 준다는 여자친구를 만나야 되는데, 어떡하면 좋지?"

"야, 인마. 넌 여전히 그 소리냐?"

"하하하하!"

두 아이는 병실이 떠나가게 웃었다.

민성이가 집에 간 뒤 병실에 혼자 남은 재석은 내일 깁스를 하고 퇴원할 준비를 하며 노트북을 펼쳤다. 이제 무슨 소설을 써야 할지 감이 왔기 때문이다. 새 컴퓨터에 익숙해질 무렵이면 재석의 소설도 완성될 것이다. 그리고 소설이 완성되는 만큼 재석의 마음도 성숙해질 것이다.

그때 문자 하나가 날아왔다. 박태원이었다.

재석아.

문병 못 가서 미안.

혹시 내 웹툰 스토리 작가 해 볼 마음 없나?

써 온 소설 가능성 아주 많음.

수습 기간 지나면 정식으로 채용 가능.

연락해라.

문자를 본 순간 재석은 하늘을 날아오르는 심정이 되었다.

"야호!"

조용하던 병실에 울려퍼지는 환호 소리에 환자들은 깜짝 놀라 어리둥절했다.

모두 다 아름답다

까칠한 재석이가 달라졌다

초판 1쇄 발행 2015년 8월 24일
개정판 1쇄 발행 2016년 7월 15일
개정2판 1쇄 발행 2022년 4월 25일
개정2판 3쇄 발행 2024년 10월 18일

지은이 고정욱
그 림 박태준
펴낸이 이범상
펴낸곳 (주)비전비엔피·애플북스

기획 편집 차재호 김승희 김혜경 한윤지 박성아 신은정
디자인 김혜림 이민선
마케팅 이성호 이병준 문세희
전자책 김성화 김희정 안상희 김낙기
관리 이다정

주소 우)04034 서울시 마포구 잔다리로7길 12 (서교동)
전화 02)338-2411
팩스 02)338-2413
홈페이지 www.visionbp.co.kr
인스타그램 www.instagram.com/visioncorea
포스트 post.naver.com/visioncorea
이메일 visioncorea@naver.com
원고투고 editor@visionbp.co.kr

등록번호 제313-2007-000012호
ISBN 979-11-90147-99-6 04810
          979-11-90147-92-7(세트)